스켈레톤 마스터

WISHBOOKS GAME FANTASY STORY

더페이서 게임 판타지 장편소설

스켈레톤 마스터 15

더페이서 게임 판타지 장편소설

초판 1쇄 찍은 날 | 2019년 8월 21일
초판 1쇄 펴낸 날 | 2019년 8월 28일

지은이 | 더페이서
펴낸이 | 예경원

기획 | 위시북스
편집책임 | 이규재
편집 | 위시북스

펴낸곳 | 예원북스
등록번호 | 제396-2012-000132호
등록일자 | 2012. 7. 25
KFN | 제1-458호

주소 | 경기도 고양시 일산동구 호수로 646-24 위너스21II빌딩 206A호 (우)10401
전화 | 031-819-9431 팩스 | 031-817-9432
E-mail | yewonbooks@naver.com

ⓒ더페이서, 2018

ISBN 979-11-365-0066-3 04810
       979-11-89348-43-4 (set)

스켈레톤 마스터
15
WISHBOOKS GAME FANTASY STORY
더페이서 게임 판타지 장편소설
Wish Books

스켈레톤 마스터

••• CONTENTS •••

제1장
확장

검은 늪지대의 중심. 워프 게이트가 저 멀리 보였다.

"다 왔네."

"뭉쳐서 오니까 완전 편하네."

"아무렴."

이윽고 워프 게이트 앞에 도착했고 무혁은 함께한 이들에게 인사를 했다.

"고생하셨습니다."

"고생은요, 뭐."

"무혁 님이 제일 고생했죠. 진짜 방송에서 보던 대로 대박이었습니다!"

"감사합니다. 그럼 순서대로 넘어가도록 할게요."

가장 선두에 위치하고 있던 무혁과 일행이 첫 번째로 워프 게이트를 이용했다. 환한 빛과 함께 공간이 일그러지고. 아주 오랜만에 포르마 대륙을 밟을 수 있었다.

"후우."

"크, 바람 좋고."

"그런가?"

"좀 고향이 온 기분이랄까."

성민우의 말에 세 사람이 피식하고 웃었다.

"뭐, 나쁘진 않네."

감회가 새롭기는 했으니까.

"일단 업적 포인트부터 쓰자고."

"와, 드디어……!"

"크, 좋지!"

"오빠, 언니는 업적 포인트 사용하는 거 처음이래."

"그래? 가면서 알려줄게요."

"네, 네에."

"아니다. 민우야, 네가 알려드려."

"어, 어어. 알았어."

군마를 타고 달려 근처 마을로 향했다. 워프를 이용해 헤밀 제국으로 향한 후 먼저 신전을 찾아갔다. 가는 길에 이용 방법을 알려줬기에 다들 긴장은 했지만 걱정하진 않았다.

내부로 들어서자 견습 사제가 다가왔다.

"무슨 일로 오셨는지요?"

"그간 모았던 업적의 힘을 사용하러 왔습니다."

"아, 자, 잠시만요!"

곧이어 대신관이 등장했다.

"업적의 힘을 사용하신다고요?"

"네."

"다른 분들도 업적의 힘을 사용하시려는 건지요."

"맞습니다."

대사제가 고개를 끄덕였다.

"이쪽으로."

그가 안내해 준 곳에서 차례대로 문을 열고 들어갔다. 같은 문이었지만 공간은 달랐기에 서로 마주칠 일은 없었다.

'오랜만이네, 여기도.'

무혁은 상점을 2단계로 넘겼다.

[업적 포인트 2단계]

[힘의 물약]
힘(1)을 영구적으로 상승시킨다.
[필요 업적 포인트 : 15]

[민첩의 물약]
[체력의 물약]

현재 업적 포인트는 255점으로, 물약 17개를 구입할 수 있는 수치였다. 체력 5개, 민첩 2개, 힘 10개를 적절히 분배해서 구입하기로 했다.

[필요 업적 포인트 : 150점]
[현재 업적 포인트 : 255점]

구매를 마친 후, 곧바로 물약을 복용했다.

[힘(1)이 상승합니다.]
[민첩(1)이 상승합니다.]×2
[체력(1)이 상승합니다.]×5

흡족한 마음으로 방을 나서자, 아직 한 사람도 밖으로 나오지 않은 상태였다.

'고민이 좀 되겠지.'

3분 정도 기다리니 김지연이 나왔고 그 뒤에 예린이 등장했다. 그녀는 조금 아쉬운 표정을 짓고 있었다.

"왜 그래?"

"으응, 그냥 고르고 보니까 아쉬워서."

"나중에 또 업적 모아서 오면 되지."

성민우는 5분이 더 지나고서야 나타났다.

"뭐야, 벌써 나오냐?"

"어, 오늘은 내가 쿨하게 선택했다."

"호오, 웬일?"

그에 옆에 있던 예린이 고개를 갸웃거렸다.

"민우 오빠가 제일 늦게 나왔는데……?"

"아, 저 녀석 선택 장애 있거든."

"아……?"

성민우가 어색하게 웃었다.

"내가 좀 그래."

그 모습을 지켜보던 김지연이 쿡 하고 웃더니, 이내 얼굴이 붉어진 채 고개를 숙였다.

"흐흐……."

성민우는 그녀의 모습이 마냥 좋은지 헤벌쭉, 미소를 지었다.

"아무튼 다 사용한 거 맞지?"

"응!"

"네에."

"그럼 이제 각자 스킬 좀 배우고 다시 뭉치자고."

신전에서 나온 네 사람은 각자의 스승에게로 향했다. 200레벨에 배우는 스킬을 습득하기 위해서.

발시언 스승의 집 앞에서 걸음을 멈췄다.

'한적하네.'

문을 두드릴까 싶은 순간.

"밖에 누구야!"

반가운 목소리에 절로 웃음이 났다.

"저예요."

"그러면 내가 아냐, 이 자식아!"

문이 벌컥 열리고 서로가 서로를 확인했다.

"우리 수제자였구만. 크흠, 어디 보자……."

발시언이 고개를 끄덕였다.

"역시 수제자다. 내가 여러 제자를 두고 있지만, 수제자처럼 빠른 성장 속도를 보이는 이방인은 거의 없단 말이야."

"그래요?"

"그럼. 아무튼 새로운 기술을 배우려고 왔겠지? 하지만 이번 기술은 그냥 알려줄 수가 없어."

"그러면……?"

"시험 하나만 통과하면 되는 거야. 그렇게 어려운 건 아니고. 아니, 원래는 조금, 아주 조금 어려운 일인데 너는 괜찮을 거 같구나."

"뭔데요?"

"성내에만 존재하는 꽃이 있더라고. 현혈초라고, 그걸 더도 말고 덜도 말고 딱 한 송이만 가져와라."

[현혈초를 구하라]

[헤밀 제국의 성내에만 존재한다는 꽃, 현혈초 한 송이를 구해 발시언에게 전해줄 것]

[성공할 경우 : 스킬, 수제자 전용 스킬.]

[실패할 경우 : 다른 퀘스트, 수제자 전용 스킬 획득 불가.]

"금방 구해서 올게요."

"고생하거라."

생각보다 어렵지 않을 것 같았기에 곧바로 성내로 향했다. 귀족을 증명하는 패를 보여주고 내부로 들어선 후 주변을 돌아다녔다.

'현혈초라고 했지?'

[홍란]

[새콤한 냄새를 지니고 있지만, 그 향기에는 생각외의 독성이 숨어 있다. 10분 이상 향을 지속적으로 맡을 경우 어지러움이나 구토를 유발할 수 있다.]

아름답고 효능이 긍정적인 꽃이 대부분이었지만 가끔은 홍란초 같은 꽃도 발견되었다. 신기하기는 했지만, 무혁이 찾는 건 아니었기에 곧바로 흥미를 잃었다.

다시 부지런히 움직이며 처음 보는 꽃, 혹은 봤어도 기억이 잘 나지 않는 꽃을 재차 확인했다. 그러다 보니 그 넓었던 성내의 1/4가량을 순식간에 돌아버렸다.

'돌다 보면 나오겠지.'

그런 심정으로 나머지 3/4가량을 더 돌았으나, 발견할 수 없었다.

"뭐지?"

분명히 꽃이란 꽃은 전부 다 확인했다. 그 탓에 몇 시간이 넘는 시간을 그냥 날려 보내지 않았던가. 그럼에도 없다는 건 금지구역에 있을 가능성이 아주 높다는 의미였다.

물론 그곳에는 무혁이 갈 수 없었다.

'혼자라면 말이지.'

순간 아뮤르 공작이 떠올랐다.

'부탁해야 하나?'

겨우 꽃을 찾아달라는 부탁을 해야 한다는 게 썩 마음에 들진 않았지만 구하지 못하면 200레벨 스킬을 배우지 못하기에 어쩔 수가 없었다. 혹시 몰라 한 바퀴를 더 돌면서 찾아봤지만 역시나 없었다.

'별수 없지.'

고개를 저으며 아뮤르 공작의 저택으로 향했다.

"아뮤르 공작님 계신가요?"

품에서 준남작 패를 꺼내어 보여줬다.

"아, 무혁 준남작님이셨군요."

"네."

"잠시 보고를 올리고 오겠습니다."

한 명은 남고. 한 명은 저택으로 들어가고, 잠시 후 집사가 나와 무혁을 안내했다.

"오랜만이군."

"반갑습니다, 공작님."

간단하게 인사를 나누고 본론을 꺼냈다.

"현혈초?"

"네."

"흐음, 들어본 적은 없네만. 그래도 자네의 부탁이니 한번 알아보도록 하겠네."

"감사합니다."

아뮤르 공작이 집사를 불렀다.

"현혈초라고 성내에 있다고 하는군. 어디에 있는지 알아봐 주게."

"알겠습니다."

"얼마나 걸리겠나?"

"20분이면 충분할 겁니다."

아뮤르 공작이 무혁을 쳐다봤다.

"그간 이야기나 나누지."

"좋죠."

처음에는 소소한 이야기로 시작되었다. 그러다 조금씩 범위가 확대되었고 무혁의 마을에 대한 이야기, 그리고 나아가 포르마 대륙 전반적인 이야기가 흘러나왔다.

"카이온 대륙에 다녀왔다지?"

"맞습니다."

"그곳 분위기는 어떻던가?"

"분위기라면, 어떤……?"

"지난번 자네와 내가 추진했던 일을 기억하겠지? 파라독스 길드와 연관이 있던 알테온이 카이온 대륙으로 넘어갔다네.

행방은 묘연하네만 짐작이 가는 곳이 있어 조사하는 중이야.
혹시 하라센 제국이라고 아는가?"

"아, 네."

"거기에 있을 확률이 높아. 문제는 그 제국이 카이온 대륙의
전반적인 힘을 압도한다는 것이지. 아, 물론 백호세가라는 특
이한 곳이 존재하기는 하지만 그들은 제국의 정세에는 관여를
하지 않는 편이니……."

백호세가라는 말에 집중력이 무럭무럭 솟아났다.

"백호세가요?"

"아는가?"

"네, 그냥 작은 인연이 있었습니다."

"호오……."

아뮤르 공작도 흥미로운 표정이었다.

"나도 자세한 건 모른다네. 다만 그들은 제국의 정세에 관여
하지 않는다는 것. 그리고 드러난 힘보다 숨어 있는 힘이 더욱
거대하다는 사실. 그 정도지. 아무튼 중요한 건 하라센 제국
이 알테온을 숨기고 있다는 것이야. 우리는 또 우리대로 알테
온을 반드시 찾아야만 하고. 이해가 되는가?"

"대륙 간의 분위기가 좋지 않다는 거군요."

"맞아. 지금 당장은 괜찮지만 이대로 시간이 흐른다면 어떻
게 될지 모르겠군. 최악의 상황은 대륙 간 전쟁이겠지."

'전쟁이라고……?'

그것도 대륙끼리의.

"너무 엄청난 말이라 상상이 잘 안 되네요."

"말이 그렇다는 것이니 크게 신경 쓰지는 않아도 되네."

어찌 신경 쓰지 않을 수 있을까.

'흐음, 전쟁이라.'

진지하게 고민해야 할 문제였다. 정말 일어날지도 모르니까.

메인 에피소드2의 마지막까지가 무혁이 아는 정보의 끝이었기에 그 이후로는 어떤 일이 벌어질지 알지 못한다. 그렇기에 이런 정보 하나하나가 더욱 중요하다.

무혁은 가슴 한구석에 대륙 전쟁이라는 단어를 넣어뒀다.

그때 노크 소리가 들리고, 집사가 들어와 보고를 올렸다.

"현혈초는 황녀님이 가꾸는 정원에 있습니다."

"황녀님의 정원?"

"네, 공작님."

"허어, 하필이면 그곳이라니……."

대화를 듣던 무혁이 고개를 갸웃거렸다.

"왜 그러십니까."

"아아, 별건 아닐세. 아니, 솔직하게 말하기가 좀 그렇다고 해야겠군. 내 폐하께 보고를 올릴 터이니 자네가 직접 그곳으로 가보게나."

"아, 네. 감사합니다."

"원하는 걸 찾으면 좋겠군."

"네, 다음에 뵙겠습니다."

왜 저러는지는 모르겠지만 현혈초를 찾았으니 되었다고 여기는 무혁이었다.

'황녀의 정원이라.'

공작의 집무실을 나서 집사와 함께 길을 거닐었다.

"이런 말씀 드려도 될지……."

"네, 말씀하셔도 됩니다."

"절대 거짓을 말씀하시면 안 됩니다."

"네?"

"오직 진실만을."

무슨 소리인지 물어보려는 순간 집사가 걸음을 멈췄다.

"도착했습니다. 이쪽으로 들어가시면 보이실 겁니다."

"아, 네."

떠나는 집사를 잠시 바라보다 고개를 돌렸다.

'뭔 소리야?'

생각을 털어내며 걸음을 옮기자, 얼마 가지 않아 화려하게 꾸며진 정원이 나타났다.

"오호."

각양각색의 꽃이 서로의 자태를 뽐내고 있었다. 살랑거리며 흔들리는 모습이 매혹적이었는데 그보다 더 강렬한 것은 주변을 가득 채운 은은하면서도 중독적인 향기였다. 절로 자리에 멈춰 눈을 감고 향을 음미할 정도였다.

'좋네.'

천천히 눈을 뜨는 무혁.

"헙……!"

그 순간 시야에 들어오는 한 여인으로 인해 순간 심장이 덜컥거리며 내려앉았다.

'아, 미친. 놀라라……!'

아마도 황녀일 가능성이 높으리라. 마주치긴 싫었지만, 심호흡과 함께 마음을 가라앉힌 후 예를 표했다.

"무혁 준남작이라고 합니다."

"들었어. 이방인이라지? 흐음, 이방인을 만나는 건 처음이야. 신기한데?"

"그렇습니까."

"그래, 그런 의미로……."

황녀가 갑자기 스산한 미소를 지었다. 동시에 손이 움직이고, 허리가 살짝 틀리는 것 같았다.

'어……?'

저건 분명 검을 뽑아 휘두르기 위한 자세였다. 의아했지만 혹시나 싶은 마음에 집중력을 끌어 올렸고 직후 뿜어지는 얇은 검날을 확인하며 급히 뒤로 물러섰다. 그러나 조금 늦었는지 갑옷이 검날에 긁혔다.

카카각.

놀란 무혁이 황녀를 멍하니 쳐다봤다.

"호오, 이걸 피했어?"

"이게, 무슨……?"

"됐고. 다시 피해봐. 이번에도 피한다면 인정하겠어."

황녀가 지면을 밀어내더니, 옷자락을 흩날리며 무서운 속도로 접근해 왔다.

미간을 찌푸리는 무혁.

'진짜 뭐 이런 여자가 다 있어?'

짜증을 속으로 삼키며 몸의 무게중심을 옮겼다.

백호보법. 어떤 공격도 피할 수 있는 24곳의 위치를 한 번에 파악하여 자연스럽게 몸을 이동시키는 스킬.

후웅.

황녀의 검이 빈 곳을 가로지르고 무혁이 그녀의 뒤로 이동했다.

급히 몸을 돌린 황녀가 무혁을 쳐다봤다.

"너······."

잠시 말을 흐리더니.

"좋아, 내가 한 말은 지켜야지. 인정.

"그럼 현혈초를 주시는 겁니까?"

"아니."

"네······?"

"실력은 인정하겠어. 근데 그게 현혈초를 줘야 할 이유는 아니잖아?"

말문이 막혀 버린 무혁.

"폐하께서 명령하시긴 했지만 난 내가 내켜야 행동하거든. 그러니 말해봐. 내가 왜 현혈초를 줘야 하지?"

말을 마친 황녀가 검을 검집에 꽂고 자세를 똑바로 했다. 그리고 그와 동시에 분위기가 변했다.

꿀꺽.

자기도 모르게 침을 삼킨 무혁. 외모가 아니라 흘러나오는 기품에 압도되어 버린 탓이었다.

"어이, 어이."

"예……?"

"내 말 듣고 있어?"

"아, 네."

"두 번은 없어. 내가 다시 한번 더 질문하게 만들지 마. 내가 왜 현혈초를 줘야 하지?"

'뭐라고 대답을 해야 할까.'

순간 떠오른 집사. 그리고 그가 말한 진실이라는 단어.

"그래야 제가 더 강해질 수 있으니까요."

순간 황녀가 무혁의 눈을 빤히 쳐다봤다. 꿰뚫어 보는 듯한 시선. 욕망이 낱낱이 벗겨지는 기분이었다.

"흠, 그래?"

"네."

"좋아, 솔직하게 말했군. 이거, 참. 내가 한 말이니 물릴 수도 없고. 아무튼, 따라와라."

'솔직하게 말했다고? 그걸 간파했다는 건가?'

혹시 특별한 능력이라도 있는 것인지 호기심이 솟았지만 애써 억누른 무혁은 말없이 그녀의 뒤를 쫓았다.

정원의 깊은 곳. 다른 장소와는 달리 휑한 공간의 중심에 10여 송이의 꽃이 피어 있었다. 그녀는 장갑을 착용한 상태에서 조심스럽게 뿌리까지 뽑아 넓고 투명한 유리병에 모래를 채운 후 그 위에 꽃을 꽂아 넣었다. 그리고 작은 구멍들이 송송 뚫린 뚜껑을 덮고서야 무혁에게 다가왔다.

"자, 받아."

"감사합니다."

"가봐."

쿨한 황녀의 모습에 다시 예를 표한 후 몸을 돌렸다.

"어이, 너."

"예?"

"아무래도 안 되겠어. 5일 뒤에 있을 연회에 너를 초대하겠다. 이건 황녀의 명이다. 알겠느냐?"

짜증 나게도 강제 퀘스트까지 떠버렸다.

무혁은 별수 없이 고개를 끄덕일 수밖에 없었다.

"알겠습니다."

"좋구나. 5일 뒤, 해가 지기 전에 도착하도록."

그제야 황녀는 무혁을 놓아줬다.

'후, 갑자기 연회라니.'

어떻게 보면 기품이 있는 것 같기도 했지만 어쩌면 그냥 생각이 없는 것일지도 몰랐다. 하지만 분명한 것은 저 황녀의 성격이 보통이 아니라는 사실이었다.

연회 때 그녀와 같은 공간에 있어야 한다는 것만으로도 벌써 스트레스가 쌓이는 것만 같았다.

'별수 없지.'

퀘스트까지 받은 마당에 거절할 순 없었으니까.

'페널티도 상당했고.'

무혁은 이내 고개를 털어내며 상념을 지우고 손에 들린 현혈초를 바라봤다. 나름 쉽게 구했다고 여겨진 터라 다행이라는 생각이 들었다.

'수제자 전용 스킬이었지, 보상이.'

현혈초를 받은 발시언이 고개를 끄덕였다.

"생각보다 더 빨리 구했구나."

"운이 좋았어요."

"그래, 고생했다."

퀘스트가 완료되었다는 문구가 떴다.

"자, 그러면 새로운 기술을 배워야겠지?"

"네."

"먼저 이거부터 받아라."

두 개의 스킬북이었다.

[생명의 서]

스켈레톤 제작하여 생명을 불어넣는다. 자격이 된다면 그 어떤 제한도 없다.

하나는 조립 마스터의 상위호환 스킬이었다. 그리고⋯⋯.

[빅 스켈레톤 소환]

3미터 50센티의 골렘형 스켈레톤을 소환할 수 있다. 레벨이 높아질수록 소환 가능한 숫자와 스탯이 상승한다. 두개골을 사용한 진화는 불가능하나 일정 스탯에 도달하면 자동으로 성장한다.

'드디어 배우는구나.'

골렘형 스켈레톤. 오랫동안 기대하던 것이었기에 더욱 만족스러웠다. 무혁은 스킬을 지금 당장 배우고 싶은 마음을 애써 억누르며 스킬북을 인벤토리에 넣었다.

"그 두 가지 책은 본래 주는 거고."

"네."

"넌 수제자이니, 한 가지를 더 알려줄 생각이다. 이건 정말 내가 아끼고 아끼는 비장의 기술이지. 스킬북으로 익힐 수 없으니 직접 알려줄 생각이다. 따라 오거라."

발시언은 결코 허튼소리는 하지 않는다. 아끼고 아끼던 비기. 무혁은 그 단어에 이미 마음이 홀려 버렸다.

"네, 알겠습니다."

흥분을 감추지 못한 채 발시언을 쫓아갔다.

발시언이 향한 곳은 마법사 길드였다.

"여기는 왜……?"

"잔말 말고 따라오기나 해."

"예에."

길드 소속 NPC를 만나 뭐라 말하더니 고개를 끄덕이며 지나가는 발시언. 그와 함께 도착한 곳은 마법사 길드에 속한 NPC 중에서도 요직에 앉은 이들만 사용할 수 있는 고급스러운 수련장이었다.

"자, 여기서 수련을 시작하겠다."

"예? 여기서요?"

"그래, 이방인도 없고 조용하잖냐."

"네, 조용하고 좋네요."

"좋아할 줄 알았다."

어차피 장소는 중요하지 않았다. 스킬이 중요할 뿐.

무혁은 배우고 싶다는 염원을 담아 발시언을 쳐다봤다.

"오랜만에 눈이 살아 있구나."

"어서 배우고 싶어서요."

"좋은 자세다. 그래, 그럼 시작해 보자꾸나. 먼저 빅 스켈레톤을 소환하거라."

"지금요?"

"그래."

무혁은 서둘러 스킬북을 펼쳤다.

[스킬 '빅 스켈레톤 소환'을 습득합니다.]

곧바로 놈을 소환했다. 그러자, 골렘형 스켈레톤 두 마리가 미풍과 함께 나타났다.

'멋있다……!'

그 자태에 절로 시선을 빼앗겼다.

"음? 두 마리?"

그때 발시언이 고개를 갸웃거리며 말했다.

"시작부터 두 마리를 소환할 수는 없는 법인데……."

"아, 그게 제가 특이한 힘을 얻었습니다."

"특이한 힘?"

"네, 이방인만 사용할 수 있는 칭호라는 건데 이게 기술의 수준을 끌어올려 줍니다."

"호오, 신기하군."

현재 빅 스켈레톤 소환은 스킬의 레벨을 상승시켜 주는 칭호의 효과 덕분에 3으로 적용이 되어버린 상태였다. 덕분에 2마리를 소환할 수 있게 되었고 그 설명은 들은 발시언은 고개를 끄덕였다.

"잘되었구나. 내가 굳이 힘을 사용할 필요도 없어졌으니."

"네?"

"본래 강제로 네 녀석의 힘을 좀 끌어 올릴 생각이었다. 물론 짧은 시간 유지되고 상당한 부작용이 있지만 말이다."

"아……."

"그럼 내가 바로 시범을 보이마."

발시언도 빅 스켈레톤을 소환했다. 무려 50마리. 빅 스켈레톤 소환 스킬은 1, 3, 5, 7과 같은 홀수의 레벨이 될 때마다 소환 숫자가 1마리씩 늘어난다. 즉, 빅 스켈레톤 소환 스킬이 100레벨에 도달했다는 의미였다.

"그 표정은 뭐냐."

"존경의 표시입니다."

"크큭, 그러냐. 됐고. 잘 보기나 해라."

"네."

골렘형 스켈레톤이 이렇게 모인 것만으로도 영화의 한 장면을 보는 기분이었다. 이 녀석들을 데리고 과연 무엇을 하려는 것인지도 궁금했다.

무혁은 눈을 크게 뜨고 발시언이 하는 행동을 주시했다. 보라색 빛이 나는 손을 살짝 흔들자, 뻗어 나간 기운이 빅 스켈레톤을 포위했다. 그 순간 놀라운 일이 벌어졌다.

'허어……?'

짝을 이룬 두 마리의 빅 스켈레톤이 합쳐지기 시작했다. 숫자가 절반으로 줄었지만, 위압감은 50마리일 때보다 더욱 커졌다.

"크크, 어떠냐."

"이, 이건……."

"말문이 막힐 정도냐?"

정말로 그러했다. 이런 말도 안 되는 스킬이라니. 직접 봤음에도 믿을 수 없을 정도였다.

"엄청나지?"

"네, 정말……."

무혁의 멍한 반응에 발시언이 흡족하게 웃었다.

"아직 끝이 아니다."

"예……?"

"잘 봐라."

발시언이 다시 가볍게 손을 저었다. 그러자 5마리씩 5개의 그룹으로 모이더니 7m에 달하는 거대한 크기로 자라났다. 겨우 다섯 마리였지만 수련장 전부를 차지하고 있는 듯한 존재감이었다.

무혁은 이 말도 안 되는 스킬에 정신을 빼앗긴 듯 멍하니 바라만 보았다.

무혁의 옆으로 발시언이 다가왔다.

"2마리를 합쳐도 좋고, 3마리도 좋다. 4마리도 가능하고."

"그, 그럼 50마리 전부도 됩니까?"

"아니, 10마리까지만. 그래서 방금 50마리를 불러내어 최종적으로 5마리만 남겨둔 거야."

그것도 사실 과했다. 넘칠 정도로 만족스러웠다.

'이걸, 가르쳐 준다는 거잖아?'

"배우고 싶냐?"

"네, 당연히 배우고 싶습니다."

"크큭, 좋다. 수제자라서 특별히 알려주는 거다. 현혈초도 구해왔으니.

"감사합니다."

"오랜만에 아주 공손한 태도구나."

"항상 그랬는데요."

"항상은 무슨. 평소엔 대충대충이었다. 아무튼 오늘처럼 종종 그런 태도를 취하려무나."

"네, 뭐……."

"이런, 또 태도가 불량스러워졌구나."

"절대 아닙니다."

실없는 장난을 멈추고.

"자, 이제 제대로 알려주마. 집중하도록."

"예."

스킬 습득을 위한 본격적인 수련이 시작되었다.

사실 그렇게 어렵진 않았다. 아무래도 시스템의 도움을 받고 있으니까. 약 3시간 정도 노력을 거듭한 덕분에 스킬을 익힐 수 있었다.

[스킬 '빅 스켈레톤 합성'을 습득합니다.]

그 사실을 발시언에게 알려줬다.

"지금 기술 습득했습니다."

"음? 벌써?"

"네."

"이거, 참. 아무리 수제자라고는 하지만 이방인은 볼수록 말도 안 된다니까."

미간을 살짝 찌푸린 발시언이 무혁을 쳐다봤다.

"한번 사용해 봐."

"네, 빅 스켈레톤 소환."

이름 : 빅 스켈레톤1

레벨 : 200

HP : 8,750 / MP : 4,400

힘 : 144 / 민첩 : 132 / 체력 : 135

지식 : 61 / 지혜 : 68

빅 스켈레톤 자체의 스탯은 낮은 편이었다. 힘, 민첩, 체력은 80. 지식과 지혜는 10으로 추정되었다. 다만, 무혁의 스탯 30퍼센트가 추가되면서 지금 떠오른 홀로그램과 같은 수치를 지니게 된 것이다.

성장을 시킨 적이 없기에 총합 260에 해당하는 스탯은 분명 높은 편이라고 볼 수 있었다. 하지만 아쉬운 생각이 드는 건 어쩔 수가 없었다.

무혁은 이내 고개를 털고 일단 스킬부터 사용하기로 했다.

빅 스케렐톤 합성 스킬을 사용하자 두 녀석이 서로 맞물렸다. 꽤나 멋들어진 연출을 보이며 자연스럽게 하나가 되어가는 모습. 몸통은 굵어졌고 키는 커졌으며 존재감 역시 짙어졌다. 기대감이 차오른 무혁이 다시 상태를 확인했다.

이름 : 빅 스켈레톤1(2)

레벨 : 200

HP : 14,096 / MP : 7,042

힘 : 230 / 민첩 : 211 / 체력 : 216

지식 : 96 / 지혜 : 108

스탯이 비약적으로 상승했다.

'이게, 그러니까.'

대충 계산을 해보니 빅 스켈레톤 두 마리의 스탯 총합의 80퍼센트 수준이었다. HP는 체력 스탯 1마다 5씩 증가했었는데 이번에는 6씩 증가하고 있었다. MP도 마찬가지였고.

'3마리를 합하면? 그래도 총합 스탯의 80퍼센트일까?'

그러면 너무 사기고 되려 효율이 낮아질 가능성이 높았다.

"호오, 정말 배웠구나."

"아, 네."

무혁은 잡념을 지우고 발시언을 쳐다봤다.

"놀랍구나. 한 가지 알려주자면 많이 합치는 게 반드시 좋다고 할 수는 없다. 넓은 공간에서는 오히려 숫자로 밀어붙이는 게 좋을 때가 있지. 좁은 곳에서야 다르겠지만 말이다."

"네, 명심할게요."

"그래, 이렇게 빨리 배울 줄은 몰랐다만……."

발시언이 등을 돌리며 말했다.

"아무튼, 고생했다. 가자."

"네."

마법사 길드를 나서 걸음을 옮기는 발시언을 따라갔다. 가는 동안 한 번도 뒤를 돌아보지 않는 그의 모습에 무혁도 굳이 말을 걸지 않았다.

이윽고 도착한 발시언의 집, 내부로 들어서는 그를 따라 방으로 들어갔다.

"엥?"

그제야 고개를 돌리는 발시언.

"왜 따라왔어?"

"네……?"

"왜 따라왔냐고. 배울 거 다 배웠으면 가."

"……."

정말 종잡을 수 없는 노인이었다.

무혁은 아직 파티를 이루고 있는 세 사람. 성민우, 예린, 김지연. 그들에게 채팅을 보냈다.

[무혁 : 다들, 아직 스킬 배우는 중?]

[강철주먹 : 난 곧 끝날 듯.]

[예린 : 난 조금 걸릴 거 같아ㅠㅠ]

[김지연 : 저두요…….]

[무혁 : 조금이면 얼마나?]

[예린 : 음, 하루나 이틀……?]

[김지연 : 저도 이틀 정도 걸릴 것 같아요.]

[강철주먹 : 난 방금 끝!]

[무혁 : 그럼 난 민우랑 잠깐 어디 다녀올게.]

[예린 : 응!]

[김지연 : 고생하세요…….]

[강철주먹 : 응? 나랑? 어디 가려고?]

[무혁 : 일단 광장으로.]

[강철주먹 : 오케이.]

5분이 되지 않아 성민우가 도착했다.

"왔다. 어디 가려고?"

"정령 강화해야지."

"어?"

잠깐 갸웃거리던 성민우가 흠칫거리더니 눈을 크게 떴다.

"아, 맞다. 200레벨에 또 강화시킬 수 있다고 했었지?"

"어, 까먹고 있었냐?"

"하도 오래전이니까. 근데 어디더라?"

"잔혹한 숲."

"맞다, 생각났다. 스탯 각 15개씩 올릴 수 있지? 크, 죽이는 구만. 어서 가자고!"

둘은 군마를 타고 잔혹한 숲으로 향했다.

잠시 후, 목적지에 도착한 두 사람이 주변을 훑었다.

"별로 없네."

"유저가?"

"어. 좋은데?"

레벨 200이 넘는 어둠의 정령들이 포진해 있는 곳이라 사냥하는 유저는 많지 않았다. 그 덕분에 상당히 많은 어둠의 정령들이 사방에 포진되어 있었다.

"바로 시작하자고."

"오케이."

"스켈레톤 소환."

차례대로 스켈레톤을 소환한 무혁.

"빅 스켈레톤 소환."

"어어? 뭐야, 이거?"

새로운 녀석의 등장에 성민우가 두 녀석에게 다가갔다.

"새롭게 얻은 스킬."

"와우, 이거 완전 생긴 게 골렘인데?"

"좀 멋있냐?"

"어, 대박……!"

"더 신기한 거 보여주랴?"

"신기한 거?"

무혁이 웃으며 손을 휘두르자 두 마리 빅 스켈레톤이 서로에게 다가갔고 후우웅, 소리와 함께 하나가 되었다.

"미친!"

훨씬 더 멋들어진 모습으로 변한 빅 스켈레톤. 한참 동안 감탄하며 구경하는 성민우를 대신해서 아머아처 몇 마리가 화살을 날려 어둠의 정령을 유인했다.

"언제까지 구경할 건데."

"아, 이제 싸워야지."

마지막까지도 빅 스켈레톤을 바라보는 성민우.

"진짜 멋있네."

"너도 곧 있으면 2차 진화잖아."

"후우, 맞아. 2차 진화."

무혁은 성민우의 목소리를 뒤로하고 고개를 돌렸다..

"이참에 레벨 3개만 더 올리자!"

정령들과 함께 달려 나갔다.

파바밧.

무혁은 고개를 저으며 방향을 틀었다. 성민우가 앞서 나간 탓에 스켈레톤으로 공격을 시도하기가 어려워졌기에, 다른 곳의 어둠의 정령을 유인한 후 메이지에게 마법을 명령했다.

쾅, 콰과광!

각종 마법과 뼈 화살. 거기에 아머기마병의 돌진. 더 이상의 추가적인 공격은 필요가 없었다.

[경험치가 상승합니다.]×2

그것만으로도 어둠의 정령들을 처리할 수 있었으니까.

그리고 성민우는 떠오르는 메시지에 미소를 지었다.

[정령 파이어의 힘(0.1)이 상승합니다.]
[정령 윈드의 민첩(0.1)이 상승합니다.]

무혁이 죽인 두 마리 어둠의 정령에게서 스탯을 0.1씩 흡수한 덕분이었다.

"좋구나아아아!"

덕분에 조금 더 기운을 내어 어둠의 정령 한 마리를 빠르게 처리했다.

[정령 어스의 지식(0.1)이 상승합니다.]

어떤 스탯이 올라도 상관없었다. 결국 15개 모두 올릴 작정이었으니까.

"가자고!"

민우는 정령들과 함께 저 멀리 위치한 어둠의 정령에게 달려들었다.

쾅, 콰과과광!

그럴 때마다 상승하는 스탯이 참으로 달콤했다. 덕분에 휴식도 최소로 한 채 사냥에만 몰두하는 성민우였다. 물론 무혁은 적당하게 사냥하고 충분한 휴식을 취했다. 지금도 마찬가지. 광기에 젖은 성민우를 한 번 바라본 후 인벤토리에서 적당한 장비를 꺼내어 강화를 시작했다.

카앙!

6강까지 만든 후 다시 사냥하려던 손을 놓았다.

'나도 다시 사냥을⋯⋯.'

순간, 갑자기 떠오른 스킬북.

'아, 맞다. 스킬부터 배워야지.'

아직 생명의 서를 배우지 않았다는 사실을 깨달았다. 무혁은 급히 인벤토리에서 책을 꺼냈다. 그리고 조심스럽게 스킬북을 펼쳤다.

[스킬 '생명의 서'를 습득합니다.]

[스킬 '생명의 서'와 '조립 마스터'가 하나로 합쳐집니다.]

[스킬 '창조의 서'를 습득합니다.]

무혁은 곧바로 새롭게 얻은 스킬을 확인했다.

[창조의 서]

1. 스켈레톤의 뼈를 교체할 경우 새로운 형태로의 변화가 가능하며 기존보다 더 큰 효과를 얻게 된다. 다만, 밸런스에 맞지 않는 잘못된 형태를 잡으면 자연적으로 밸런스를 맞추게 된다.

2. 뼈로 이뤄진 소환수를 제작하여 조종할 수 있다. 초당 15의 MP가 소모되며 캐릭터의 레벨보다 50 높은 몬스터까지 조종할 수 있다. 조종할 수 있는 숫자의 제한은 없다.

기존에 지니고 있던 한계점을 돌파했다. 특히 가장 마음에

드는 것은 2번. 캐릭터보다 50레벨이 더 높은 몬스터를 제작하여 조종할 수 있는 부분이었다.

'좋은데?'

고개를 들어 성민우를 쳐다보니, 그는 여전히 미친 듯이 사냥에 열중하고 있었다.

"흐음."

고민하다가 몸을 일으킨 무혁. 소환수와 함께 어둠의 정령을 학살하기 시작했고.

[정령 파이어의 지식(0.1)이 상승합니다.]
[정령 워터의 힘(0.1)이 상승합니다.]
[정령 윈드의 민첩(0.1)이……]

성민우는 빠른 속도로 차오르는 메시지를 힐끔 쳐다보며 격하게 웃어젖혔다.

"크하하하하! 덤벼, 덤비라고!"

한동안은 저 광기가 이어질 것 같았다.

이틀간의 사냥으로 성민우는 정령의 스탯을 각각 10씩 올릴 수 있었다. 모든 스탯이 전부 올라간 덕분에 전력도 급증했다. 하지만 아직도 5를 더 올려야만 했다.

그사이 퀘스트를 마치고 온 예린과 김지연이 합류했고 그들의 도움으로 조금 더 빠르게 사냥을 이어갈 수 있었다.

"야, 몇 개나?"

"어. 이제 12개 정도?"

"오늘 끝나겠는데?"

"그러게. 진짜 고맙다. 나 혼자였으면 2주 이상 여기서 살아야 했을지도?"

"2주? 한 달은 살아야 했을걸?"

"진짜 그랬을지도."

생각만으로도 소름이 끼치는지 성민우가 몸서리를 쳤다.

"어후, 어서 끝내자고."

떠올랐던 해가 내려앉고, 밝은 달이 떠올랐을 때.

"으아아아악!"

성민우가 함성을 내질렀다.

"끝이다아아아!"

정령 모두의 스탯을 15씩 올렸다. 이제 캐릭터 레벨을 205까지 올리면 정령들이 2차 진화를 하게 된다.

"하, 피곤했다. 이제 가자."

"오케이!"

"군마 소환."

"오빠, 이제 어디 갈 거야?"

"음, 공헌도를 사용해도 좋고 조금 더 모아도 되고. 아, 마을도 들러야겠다. 그리고 어제 말했었지? 연회에 초대되었다고.

제한은 없었으니까 같이 가도 되고. 그냥 혼자 다녀와도 될 것 같고. 그리고……"

"그리고?"

"다시 돌아가야지, 카이온 대륙으로. 연계 퀘스트도 받았으니까."

물론 진짜 이유는 따로 있다. 각 대륙에 숨겨진 힘. 그것을 손에 넣기 위함이었다.

"일단 공헌도는 어떻게 할까?"

"음, 딱히 필요한 게 없어서."

"나두."

"그럼 조금 더 모을까?"

"그것도 괜찮지."

"좋아. 그럼 칼럼 마을부터 가자고."

"오케이!"

오랜만에 가게 되는 칼럼 마을. 과연 얼마나 성장했을지 기대가 되었다.

잠시 후. 칼럼 마을이 저 멀리 보이기 시작할 무렵.

"허얼."

"저기 맞지, 오빠?"

"어어."

성민우, 예린, 무혁. 세 사람 모두가 한마음으로 감탄했다. 김지연도 놀란 표정이었다.

무혁을 만나기 위해 왔던 그때. 딱 한 번 칼럼 마을을 본 적이 있었는데 그때는 굉장히 한적하고 조용했었다. 그런데 지금은 상당히 많은 사람이 마을 외곽을 돌아다니고 있었다.

"사람이 진짜 많아졌네."

이 정도로 유동 인구가 많아진 이유를 대략적으로는 추측할 수 있었다.

첫 번째로 유저의 레벨이 높아지고 또 게임을 즐기는 이들이 꾸준히 늘어남에 따라 자연스럽게 사냥터도 넓게 분포된 덕분이었다. 두 번째로 무혁이 촌장으로 있는 마을이기 때문이었다. 이곳에 유저만을 위한 어떤 편의가 있을지도 모른다고 생각하는 부류, 혹은 자그마한 콩고물을 노리는 부류도 있을 것이 분명했다. 세 번째로 칼럼 마을이 생각보다 더 지내기 좋을 정도로 발전했을 가능성도 있었다. 괜찮은 마을 주변 사냥터는 언제나 북적거리게 마련이니까.

'그럼, 확인해 볼까. 마을 상태창.'

과연 기대하는 수준까지 성장을 마쳤을까.

카이온 대륙에서는 물음표로만 떠오르던 마을의 상태. 지금에서야 제대로 음미할 수 있게 되었다.

이름 : 무혁

작위 : 준남작

영지 : 칼럼 마을(대규모)

인구수 : 5,009명

영지 명성 : 101

치안 상태 : 보통

발전도 : 중하

무혁의 눈이 조금 커졌다.

'인구가······?'

떠날 때만 해도 1천 명 정도였던 인구가 5천으로 늘어난 상태였다. 무려 다섯 배.

그뿐만 아니라 명성도 증가했고 치안도 보통으로 올랐다.

'진짜 변했구나.'

마을이 가까워질수록 그 생각이 더욱 짙어졌다. 전에는 낡아 쓰러지기 일보 직전이던 건물들이 지금은 확장 공사 덕분에 훨씬 깔끔하고 세련되어진 상태였다.

"오, 좋은데?"

건물들을 감상하며 마을을 거닐던 중이었다.

"엇, 촌장님!"

"어? 촌장님이라고?"

"촌장님이 오셨다!"

칼럼 마을의 주민들 일부가 무혁을 알아보고는 반가워하며 다가왔다. 무혁 역시 오랜만에 보는 그들의 모습에 미소를 지었다.

"반가워요."

그에 주변을 돌아다니던 유저들도 걸음을 멈췄다.

"무혁?"

"카이온 대륙에 있지 않았나?"

"돌아왔나 보네."

"여기서 좀 지내려나?"

"우리랑 무슨 상관이야. 사냥이나 하러 가자고."

"혹시 알아? 여기 이제 웬만한 작은 도시 수준인데, 잘 보이면 자리 하나 줄지?"

"미친놈."

무혁도 그들의 말을 들었지만 무시했다.

"그보다, 총관님 보셨나요?"

"아, 라카크 할아버지요?"

"네."

"어디더라, 너 알아?"

"지금 북쪽 끄트머리 건설 현장에 있을걸요?"

무혁이 고개를 끄덕였다.

"다음에 봐요."

"네, 다음에 뵙겠습니다, 촌장님!"

기다리는 세 사람을 쳐다봤다.

"같이 움직일까? 아니면."

"음. 뭐, 우린 딱히 할 일도 없고."

"맞아."

"그럼 잠깐 마을에서 놀거나 주변에서 사냥하고 있어. 할 일 끝나면 채팅 보낼게."

"오케이."

"오빠, 이따가 봐!"

"그래."

떠나는 셋을 바라보다 몸을 돌린 무혁은 북쪽, 건설 현장으로 천천히 나아갔다.

'저기 있구나.'

바삐 움직이는 인부들 앞, 팔짱을 끼고 있는 라카크를 발견할 수 있었다. 기척을 최대한 숨긴 채로 그의 뒤에 자리를 잡았다.

"크흠."

헛기침을 하자 라카크가 고개를 돌렸다.

"음? 어, 어어……!"

놀란 그의 표정.

"초, 촌장님!"

라카크가 밝게 웃으며 무혁을 반겼다.

"도대체 어디에 있다가 이제야 오신 겁니까! 촌장님이 워낙에 소식이 없어서 얼마나 걱정했는지 아십니까."

"죄송해요. 다른 대륙으로 넘어가다 보니……."

"허어, 아무튼 무사히 돌아오셔서 정말 다행입니다."

"고마워요."

무혁이 주변을 쳐다봤다.

"그보다 마을이 정말 커졌네요."

"열심히 노력했습니다. 촌장님이 돌아왔을 때 실망시키고 싶지 않았으니까요."

라카크의 진심이 담긴 말에 괜히 미안해졌다.

'너무 무관심했구나.'

하지만 퀘스트를 위해서라도 카이온 대륙으로 넘어가야만 했다. 잠깐 생각해 보니 한 가지 적절한 아이템이 떠올랐다. 마법 통신구. 그것만 있으면 어디서나 연락이 가능하리라.

'이 간단한 걸.'

왜 미리 준비하지 않았던 것인지 후회가 되었다.

'이제라도 신경을 좀 써야겠어.'

속으로 생각하며 라카크와 함께 마을을 돌아다녔다.

"여기도 바꼈습니다."

"좋네요."

"이곳에서 마을의 치안을 담당하는 이들이 훈련되어 나옵니다. 아, 저곳은 건물이 상당히 낡아서 확장 공사를 했고……."

자세한 설명까지 들으니 단숨에 변화가 이해되었다. 마을은 정말 크게 성장한 상태였다.

"촌장님, 오랜만이에요!"

"라카크 할아버지!"

"어이구, 꼬석들. 여기 계신 분이 촌장님이시다. 인사들 하거라."

"안녕하세요!"

간간이 만나는 마을 주민들의 밝은 표정에서 한 가지를 더 깨달았다. 바뀐 것이 마을만이 아니라는 사실을 말이다.

주민들 역시 많이 달라졌다. 아주 긍정적인 방향으로.

무혁은 가장 먼저 마을의 규모부터 늘리기로 했다.

[현재 포화상태입니다.]
[소규모 도시로 확장할 수 있습니다. 다만 확장할 경우 5,000의 명성이 소모됩니다.]
[칼럼 마을의 규모를 늘리시겠습니까?]

[명성이 5,000만큼 소진됩니다.]
[소규모 도시 확장 계획을 세웁니다.]

라카크가 말을 꺼내길 기다렸다.

"참, 촌장님."

"네."

"이제 영주님이 되셔야지요."

무혁이 웃었다.

"다시 한번 확장을 하자는 거군요."

"맞습니다. 그러면 소규모 도시라고 부를 수 있을 겁니다. 그때는 촌장님이 아니라 영주님이라고 불리시게 될 거구요."

"그 정도로 포화상태인 거겠죠?"

"물론입니다."

"그럼 넓혀야죠. 알찬 도시로, 제대로 넓혀보자고요."

"알겠습니다, 바로 진행하겠습니다. 진행되는 상황만 간단하게 확인해 주시면 됩니다."

"네, 그럴게요."

이미 한 번 대규모 마을로의 확장을 경험한 라카크였기에 따로 지시하지 않아도 알아서 척척 해낼 것이었다.

마을이 확장되면 먼저 건축물 몇 개를 더 지은 후 건축 레벨을 5로 올릴 계획이었다. 이후 새롭게 생성되는 건축물을 세우도록 지시하고 헤밀 제국에 들러 연회에 참석하면 되리라. 그리고 오는 길에 마법 통신구도 구입하고, 카이온 대륙으로 떠나면 될 것 같았다.

여러 가지 생각을 하는 사이 마을 중앙에 도착했다.

"요한!"

"아, 라카크 할아버지. 어, 촌장님?"

간단하게 인사를 나눈 후 그에게 한 가지를 지시했다.

"부탁 좀 하자고. 사람들 모아줘."

"걱정 마세요."

요한이 급히 달려갔다.

얼마 지나지 않아 마을에서 일이 없어 쉬고 있던 이들이 대거 북쪽으로 모여들었다. 그들은 라카크의 지시에 따라 부지런히 움직이기 시작했다. 순식간에 목책이 뜯어지고, 보다 더 튼튼하고 높은 새로운 목책을 만들어 마을의 규모를 늘리기 시작했다. 일의 진척 속도가 빨라 내일 정오 정도면 완성이 될 것 같았다.

무혁은 작업을 잠시 지켜보다가 라카크에게만 언질을 주고서 조용히 자리를 떠났다. 그리고 마을 확장을 위한 작업 현장에서 나와 예린에게 채팅을 걸었다.

[무혁 : 뭐 해?]
[예린 : 어, 오빠! 우리 지금 붉은 트롤 잡고 있어.]
[무혁 : 그래? 괜찮네. 나도 갈게.]
[예린 : 응! 좀 이따가 봐!]

곧 사냥에 열중하고 있는 세 사람이 보였다. 그곳에 도착해 군마에서 내리니 예린과 김지연이 뒤를 쳐다봤다.

"어? 오빠, 언제 왔어?"

"방금."

"히히. 어때, 우리?"

"잘 싸우는데?"

무혁과 소환수가 있을 때에는 성민우가 주목받을 일이 드물다. 하지만 이처럼 따로 떨어져서 싸우는 걸 보고 있으니 역시 괜히 랭커가 아니구나라는 걸 새삼 느낄 수 있었다.

비록 게임이지만 소환수로 연결되어 있는 무언가가 있다. 거기서 오는 동질감과 그것을 바탕으로 연계되는 자연스러운 공격들. 마치 한 몸인 것처럼 움직이니 레벨 198의 붉은 트롤이 허무하게 당하는 것도 어쩌면 당연한 일이었다.

"으라차차차!"

마지막 한 마리를 마무리 짓고서 몸을 돌린 성민우.

"어때! 잘 싸웠……."

무혁을 발견하고는 급히 다가왔다.

"뭐야, 언제 온 거야?"

"방금."

"크, 어땠냐?"

"역시 랭커더구만."

"푸하하. 당연하지!"

"좋다고 웃기는. 그보다 여기 붉은 트롤이 꽤 많네? 제대로 경험치 올려볼까?"

"좋지!"

"완전 좋아!"

열렬한 반응에 무혁이 입을 열었다.

"스켈레톤 소환."

탁, 타닥.

파도처럼 휘몰아치는 강력한 압박에 주변이 초토화되기 시작했다.

[경험치가 상승합니다.]

[경험치가…….]

[사체 분해를 시작합니다.]

죽어버린 트롤의 뼈를 추출하고 그것으로 스켈레톤의 스탯을 상승시켰다.

"자, 다시!"

쉴 새 없이 이어지는 전투.

쾅, 콰과과광!

한참을 그렇게 싸우고서야 무혁은 동료들과 함께 뒤로 물러나 휴식을 취했다.

"요리도 해야 될 것 같고……."

"충분히 쉬자, 오빠."

"그래, 일단 뭐라도 먹자. 내가 만들게. 간단하게 스테이크 어때?"

"좋지."

"난 오빠가 해주는 게 제일 맛있더라."

느긋하게 요리를 하면서 틈틈이 MP를 확인했다.

'가득 찼네.'

리바이브 스킬로 주변에 떠도는 영혼의 수를 확인했다.

[주변을 떠도는 몬스터의 영혼(273마리)을 발견했습니다.]

수가 엄청나게 많았다. 현재 무혁의 MP로는 정확하게 147마리를 살릴 수 있었다.

[MP(14,700)가 소모됩니다.]

되살아난 붉은 오크를 잠시 바라보며 시간을 보냈다. 그리고 MP가 어느 정도 차올랐을 즈음.

"스켈레톤 소환."

스켈레톤을 모두 불러냈다. 그리고 빅 스켈레톤 합성으로 2마리의 빅 스켈레톤을 하나로 합한 후 그들을 마계로 이동시켰다. 마계에서 경험치를 얻은 것이 언제인지 이젠 기억도 나지 않았지만 그래도 보내는 걸 멈추진 않았다. 이미 습관처럼 굳어진 행동이었으니까.

'뭐, 또 금방 죽겠지.'

그렇게 여기며 만들어진 음식을 나눠줬다.

"자, 먹어봐."

"잘 먹겠습니다!"

"잘 먹을게."

소고기보다 한 차원 더 부드러우면서도 찰진 식감. 거기에 특유의 고급스러운 향이 입안을 가득 채우고 뒤이어 터지는 육즙이 풍미를 더했다. 고기를 모두 씹을 즈음에 나타나는 극도의 고소함이 절로 기분을 들뜨게 만들었다.

"으아, 맛있어……!"

쉴 새 없이 이어지는 감탄과 웃음들.

그리고 만족감에 절로 행복해졌다.

한편, 마계의 F11 지역에 나타난 다수의 생명체. 붉은 트롤과 스켈레톤. 총합이 300에 달하는 엄청난 숫자였지만 해당 지역에서 대기하던 하급 마족은 코웃음 쳤다.

하지만, 겉으로만 그러할 뿐, 속은 이미 극도의 긴장으로 얼룩진 상태였다. 긴 시간 홀로 이곳을 지키고는 있지만 나날이 강해지는 저 마물들의 모습에 기가 질린 상태였다. 말도 안 되는 속도로 착실하게 성장하는 마물들. 하루, 하루 느껴지는 체감은 적었지만 한 달씩 놓고 보면 정말 어이가 없을 정도로 빠른 속도였다.

'할 말이 없을 정도야.'

하급 마족은 쓸데없는 생각은 관두고 공격을 퍼부었다.

쾅, 콰과과쾅!

먼지가 피어올랐지만 멈추지 않았다. 허공에서 마법과 마법이 부딪히며 폭발했다. 물론 한낱 마물들의 마법 따위는 이미 집어삼킨 지 오래였다. 그러나 분명한 것은 그 탓에 대미지가 많이 하락했으리라는 사실이었다. 이것으로는 저 마물들을 쓸어버릴 수 없었다. 그간의 많은 경험으로 그 사실만큼은 확실하게 알고 있었다.

"후으읍……!"

다시 공격을 가하려는 순간, 강한 바람이 불었다. 직후 사방으로 흩어지는 마물들을 바라보며 하급 마족이 급히 손을 움직였다.

쿠르, 쿠르르릉!

하늘에서 떨어지는 검보라색의 뇌전.

-붉은 트롤의 뒤에 숨어라.

-알겠다.

지휘 권한을 가진 이들의 명령.

-화살을 날려.

-마법을 사용해라.

-넓게 퍼져라.

간단한 말들로 이뤄진 대화. 하지만 행동은 빨랐다. 일사불란하게 움직이며 어느새 자리를 잡은 트롤과 스켈레톤이 하급 마족을 포위했다.

사방에서 쏟아지는 공격을 피하거나 막아내며 마물들을 차근차근 요리하는 하급 마족의 이마에선 한 줄기 식은땀이 흘러내렸다.

그 순간 뒤에서 꽂힌 차가운 냉기.

"크읍⋯⋯!"

순식간에 얼어버리는 신체의 감각에 급히 힘을 주며 냉기를 파훼했다.

"마물 따위가아아아!"

이젠 정말 마물이라 칭하기에도 어려워진 괴생명체들. 죽여도 다시 살아나고, 살아날 때마다 강해지는 기이한 존재들. 차라리 도망치고 싶었지만, 그 역시 불가했다. 도망친 사실은 순식간에 퍼지게 마련이고 그 순간부터 홀로 도태될 테니까. 그래서 이번에만 막아낸 후 보고를 올릴 작정이었다. 마물들이 너무 강해져서 혼자서는 무리라고. 명예는 깎이겠지만 그게 훗날을 위해서도 옳았다.

'문제는 과연, 지금 살아남을 수 있을 것인가.'

하급 마족인 그는 애써 피어오르는 불길한 생각을 떨쳐내며 다시 공격을 퍼부었다.

"흐아아압!"

하지만 생각보다 훨씬 저조한 대미지를 입혔고 예상보다 큰 대미지를 입었다. 그런 상황이 반복되면서 하급 마족의 체력이 서서히 바닥을 보이기 시작했다.

살아남은 병력은 붉은 트롤 3마리. 포이즌 오우거, 그리고 아머나이트 3마리와 아머메이지 2마리가 전부였다.

-하지만, 이겼다.

-드디어.

-물론 죽이진 못했지만.

-이제 나아가야 할 때다.

-숫자는 적지만.

아홉 마리가 걸음을 옮겼다.

얼마나 지났을까. 두 마리의 마족이 나타났다.

"이 녀석들인가?"

"그런 것 같군."

"하, 이깟 마물이 무서워서 파르마라가 도망쳤다고?"

"작전상 후퇴라더군."

"크큭, 후퇴는 무슨. 그 녀석 인생도 끝났군."

"마무리나 짓자고."

두 마리 마족이 공격을 시도했다. 그 순간 포이즌 오우거가 피어를 발산했다.

"푸핫, 뭐야, 이 장난스러운 느낌은?"

"몸이 살짝 굳은 것 같기는 한데……"

"굳기는 무슨. 시끄럽기만 하구만."

효과가 좋지는 않았다.

"꺼져라, 마물아."

마족의 공격을 버티려 애썼지만 역부족이었다.

-다음에, 다시.

그렇게 마계에서 사라졌다.

1시간 뒤. 파르마르 마족을 실컷 비웃고 있던 두 마족은 나타난 수백의 마물에도 웃음을 지우지 않았다. 하지만 제대로 붙어본 이후, 처음으로 심각한 표정을 지어 보였다.

"이건, 문제가 좀 있군."

"마물이 이렇게까지……"

분명 보고를 올려야 할 사안으로 추정되었다.

"돌아가자고."

"보고하러?"

"그래."

"우리의 명예는?"

"이건 우리의 명예보다 더 중요한 일이니까."

"으음."

결국 둘은 북쪽에 위치한 성으로 돌아가 마왕을 보필하는 서큐버스에게 상황을 알렸다.

제2장
최초의 8강

[소환수 전원이 역소환됩니다.]

아이템을 강화하고 있던 무혁이 동작을 멈췄다. 예상했던 그대로의 문구를 확인하며 다시금 작업에 집중했다.

카앙!

아쉬웠던 마음이 완전히 사라졌다.

[칭호의 효과로 강화 성공 확률이 상승합니다.]
[강화에 성공합니다.]

오랜만에 7강에 성공한 덕분이었다.

'8강까지 해볼까.'

고민하던 무혁이 눈을 빛내며 망치의 손잡이를 조금 더 강하게 쥐었다.

지금까지 대략 20번을 시도했는데 전부 실패했다. 성공 확률이 너무 낮아서 한동안 아예 시선을 외면해 버리고 있었는데 지금은 왠지 느낌이 좋았다.

'그래, 해보자고.'

강화 스킬을 사용하니 붉은 점이 떠올랐다. 작아도 너무 작은 점. 먼저 망치의 넓은 면 중앙에 위치한 날카로운 부분을 확인하고 다시 붉은 점을 쳐다봤다. 저 얇고 날카로운 부분으로 정확하게 붉은 점을 때려야만 강화도가 오른다. 위치를 사진처럼 각인시킨 후 호흡을 멈추고 망치를 휘둘렀다.

카앙!

[강화도가 상승합니다.]

'한 번 더!'

하지만 이번에는 실패하면서 강화도가 떨어졌고. 그런 상황들이 반복되면서 강화도가 서서히, 조금씩 100퍼센트를 향해 달려가기 시작했다.

50퍼센트가 넘었을 즈음부터는 실패율이 현저하게 낮아졌다. 집중력이 최고조에 도달하면서 발생한 현상이었다.

[강화도가 상승합니다.]
[강화도 : 100%]

[칭호의 효과로 강화 성공 확률이 상승합니다.]
[강화에 성공합니다.]

그리고 집중이 깨진 무혁.

"하아……."

긴 호흡을 뱉으며 8강에 성공한 검을 웃으며 바라봤다. 옆에서 지켜보던 성민우가 다급히 물어왔다.

"이펙트 죽이던데? 7강이야?"

"아니."

"그럼? 6강?"

"8강."

"……."

순간 침묵이 흐르고.

"오, 오빠. 진짜 8강이야?"

"어."

그 가치를 돈으로 환산하면 도대체 얼마인가.

"무, 무기 대미지는?"

"장검에 기본 물공 290."

"대에에에박!"

"우와……!"

무혁 역시 조금 얼떨떨했다.

'이걸 성공하네?'

아쉽게도 일몰하는 장검의 변형 마법이 너무 좋아서 사용할 순 없었다. 아무래도 판매를 해야 할 것 같았는데 값을 얼마나 받아야 할지 감이 잡히지 않았다.

"이거 최초겠지?"

"당연하잖아!"

"최초의 8강 무기라고! 그것도 장검에 기본 공격력이 290이나 되는!"

잠깐 고민하던 무혁이 블랙 길드장, 혁수에게 채팅을 걸었다.

[무혁 : 계세요?]

답장은 금방 왔다.

[혁수 : 아, 무혁 님. 오랜만이네요.]

[무혁 : 네. 혹시 어디이신지?]

[혁수 : 저 포르마 대륙입니다.]

[무혁 : 잘됐네요. 강화템이 좀 쌓였거든요. 사셔야죠?]

[혁수 : 물론이죠. 마침 저희도 필요해서 연락을 드리려고 했거든요. 시간 언제 되세요?]

[무혁 : 아무 때나 상관없습니다.]

[혁수 : 그러면 내일 저녁에 뵐까요?]

[무혁 : 그러죠.]

먼저 혁수에게 아이템을 팔고 남는 건 경매장에 올리면 될 것 같았다.

"일단 내가 쓰긴 애매하니까 팔아보자고."

"크, 잘 팔리면 고기나 쏴라."

"당연하지."

너무 흥분한 탓일까. 사냥을 할 기분이 나지 않았다.

"일단 마을로 돌아가자고."

"오케이."

네 사람은 칼럼 마을에서 시간을 보내다 로그아웃을 했다.

내일을 기약하면서.

***

다음 날 정오 무렵. 드디어 마을이 소규모 도시로 확장되었다.

이름 : 무혁

작위 : 준남작

영지 : 칼럼 소도시

인구수 : 5,032명

영지 명성 : 117

치안 상태 : 보통

발전도 : 중하

이젠 촌장이 아니라 영주가 된 것이다. 물론 헤밀 제국의 황제가 영주로서의 직책을 정식적으로 인정해야겠지만 그건 시간문제일 뿐이었다. 무혁은 일단 건축 레벨을 올리기 위해 몇 가지 건물을 더 세우기로 했다.

[여관 건축 계획을 세웁니다.]
[주택 확장 공사 계획을……]

이 정도면 건축 레벨이 5로 올라서리라.

"영주님!"

마침 라카크가 와서 무혁이 세운 건축 계획을 이야기했다.

"……해도 되겠습니까?"

"물론이죠."

"알겠습니다, 바로 작업에 착수하겠습니다."

라카크를 보내고 무혁은 헤밀 제국으로 향했다.

[무혁 : 지금 가는 중입니다.]

[혁수 : 얼마나 걸리세요?]

[무혁 : 40분 정도요.]

[혁수 : 그럼 헤밀 제국 중앙 광장에 있겠습니다.]

[무혁 : 네.]

채팅을 마무리하고 속도를 높였다. 늦지 않게 약속 장소에 도착한 무혁은 기다리고 있는 혁수를 발견했다.

"여깁니다, 무혁 님."

"네."

"일단 길드 건물로 안내하겠습니다."

광장 남쪽 건물들로 빼곡하게 들어선 지역.

"여깁니다."

"예전보다 더 좋아졌네요."

"최근에 돈 좀 투자했죠."

확실히 돈을 쓰기는 쓴 모양이었다.

'호오, 홀도 넓고.'

혁수가 무혁을 홀의 중앙 탁자로 안내했다.

"뭐라도 마시겠어요?"

"음. 음료수 아무거나 한 잔만 주세요."

"네."

혁수가 음료를 하나 가져왔다.

"여기요."

"고맙습니다."

시원하게 목을 축인 후 입을 열었다.

"일단 아이템부터 한번 확인해 보세요."

무혁은 블랙 길드에 판매하기에 적당한 강화 아이템들을 하나씩 꺼내어 탁자 위에 올렸다. 그걸 일일이 확인하던 혁수가 고개를 끄덕이며 감탄했다.

"역시……."

물건을 확인할 때마다 탄성을 빠뜨리지 않았다.

"호오, 이번에도 좋네요."

"아직 제대로 된 게 하나 남았는데……."

"예?"

무혁은 웃으며 대망의 8강짜리 장검을 탁자 위에 내려놓았다.

"이겁니다."

"장검이군요."

"네, 공을 좀 들였죠."

"어디……."

[검은 장검+8]

물리 공격력 290+520

추가 공격력 +20

모든 스탯 +5

공격 속도 +5%

이동속도 +5%

반응속도 +2%

절삭력 증가.

내구도 : 450/450

사용 제한 : 민첩110, 체력100.

강화 수치와 공격력을 확인하자마자 자기도 모르게 자리에서 벌떡 일어나는 그였다.

"파, 팔강……?"

"네."

"게, 게다가 이건 무슨 대미지가……!"

"좀 높죠?"

"조금 높은 게 아닙니다만."

"7강일 때 385였는데 8강이 되니까 520이 되더군요."

"하, 하하……."

말을 이어가기가 어려운 모양이었다.

당연한 일이었다. 최초의 8강이었으니까. 게다가 검은 장검의 기본 성능이 워낙에 좋아서 강화로 인한 효과 역시 제대로 보고 있었다.

"이것도, 파는 겁니까?"

"가격만 맞으면요."

"이건 길드원이랑 상의를 해봐야겠네요. 잠시만 기다려 주시겠어요?"

"그러죠."

혁수가 가볍게 인사한 후 뒤로 물러났다.

곧바로 바삐 손을 움직이는 그.

[혁수 : 길드원 여러분, 단체 채팅입니다. 급박한 일이라 현재 계시는 분들의 의견만 일단 받도록 하겠습니다. 아, 무슨 상황인지부터 말씀을 드려야겠네요. 현재 무혁 님께서 강화 아이템을 판매하려고 오셨습니다. 그런데 그중에 8강짜리 장검이 한 자루 있어서요. 기본 물리 공격력이 290에. 추가 물리 공격력이 520인데. 가격이 어마어마할 것 같아서

말입니다. 만약 구입하게 된다면 길드 자금을 모두 사용해도 부족할지 모릅니다. 그래서 길드원 여러분의 의견을 듣고자⋯⋯.]

혁수를 실시간으로 날아오는 길드원의 의견을 조용히 지켜봤다.

[파라솔 : 길드장님! 이건 무조건 사야죠! 최초의 8강이잖아요!]
[감마 : 길드 자금이야 우리가 다시 조금씩 채우면 되니까요. 8강이면 확실히 상위 유저들 레벨 업 속도도 빨라질 것 같고⋯⋯. 게다가 길드 파티 맺어서 던전이라도 들어가면 엄청난 도움이 될 거 같은데요. 나중에 사용하다가 팔아도 크게 손해는 안 날 것 같아요.]
[카스 : 으음. 전 반대예요. 중위권 유저에겐 딱히 혜택은 없고 공용으로 사용이 가능한 길드 자금만 소모되는 모양새라⋯⋯.]
[곶수 : 이건 사야죠. 꼭 사야 합니다, 길드장님!]

대부분이 긍정적인 반응이었다.

[혁수 : 일부 부정적인 반응도 보이지만 대다수가 긍정적이기 때문에 일단 구매하는 방향으로 추진하겠습니다. 만약 구입하게 되어 길드 자금을 모두 소모하게 된다면 차후 적당한 대책을 마련하여 보상하도록 하겠습니다.]

채팅을 마치고 무혁에게 다가갔다.
"일단 구매하는 쪽으로 정했습니다."

"그럼 가격부터 들어볼까요."

"그럼요. 일단 여기 있는 6강 도끼는……."

하나씩 값을 정하고 즉시 돈을 받은 후 넘기는 방식이었다. 시간은 꽤 걸리지만, 시세보다 조금 더 쳐주는 상태였기에 손해가 될 건 없었다.

"마지막으로 검은 장검은……."

고민 끝에 혁수가 내뱉은 금액.

"9천 골드에 가능하겠습니까?"

"9천이라……."

현금으로 9천만 원. 최초의 7강짜리 무기를 판매했을 때, 수수료를 제외하고 6,700골드가 수중에 들어왔다. 지금은 그때에 비해서 강화 무기의 시세가 상당히 떨어진 상황이었다. 강화 스킬을 배운 대장장이가 엄청나게 증가했고 그들 중에서도 상위에 속하는 이들은 현재 간간이 7강 아이템을 만들어내고 있었으니까.

물론 수요가 워낙에 많아서 6강 이상의 아이템은 여전히 비싼 축에 속했지만, 무혁이 최초로 7강을 만들었을 때보다는 많이 떨어졌다는 의미였다.

"어떠신지……."

"흐음."

그러나 8강은 그런 뛰어난 대장장이들이 존재하는 현시점에서도 최초의 아이템이었다. 재료를 무제한으로 공급받던 시절, 강화의 레벨을 상당히 많이 올린 덕분에 가능한 일이었다.

물론 스킬의 레벨을 올려주는 칭호의 덕도 컸고.

아무튼 그런 검을 9천 골드에 판매할 이유가 없었다. 아이템의 기본 성능이 월등하고 물리 공격력이 어마어마한 이상 그이상으로도 충분히 판매할 자신이 있었기 때문이다.

"생각보다 가격이 부족하네요."

"아, 그런……."

"검은 장검은 제외하고 다른 것들만 팔겠습니다."

"1만 골드까지는 됩니다."

"죄송합니다."

혁수도 그 이상은 무리였는지 한숨을 쉬었다.

"후우, 어쩔 수 없군요."

아쉬운 표정을 숨기지 못하는 혁수. 그러나 무혁은 단호했다. 검은 장검을 제외하고, 나머지 강화 아이템만 적당한 가격에 판매했다.

눈빛으로 호소하는 혁수의 외침을 철저하게 무시하면서.

"그럼 다음에 또 뵙겠습니다."

"네에……."

혁수에게 가볍게 인사한 후 건물을 나섰다.

◆

가장 먼저 중앙 근처에 위치한 경매장에 들렀다.

"어서 오십시오!"

"공개 경매에 물건을 맡기고 싶어서요."

그곳에 괜찮은 아이템 7개와 가장 기대가 되는 검은 장검을 연회가 치러지는 날 저녁에 맞춰 올리기로 했다.

"그럼 그날 오죠."

"살펴 가십시오."

다음으로 마법 길드에 들러 마법 통신구를 구입했다.

해야 할 일은 모두 끝낸 상황이었지만 기왕 헤밀 제국에 왔으니 소도시로 성장한 것도 언급을 해두기로 했다. 그래야 형식적이지만 정식으로 영주가 되기 때문이다. 이런 간단한 일에 황제를 만날 일은 없을 것 같았고 아마 공작이나 백작의 선에서 처리가 되리라.

'아뮤르 공작에게 말하면 되겠지.'

아무래도 무혁과 친분이 있는 상태니까 빨리 처리를 해줄 것이다.

'찾아가 볼까.'

성내로 들어선 무혁이 아뮤르 공작의 저택으로 향했다.

얼마 가지 않았을 즈음.

"오, 자네."

"공작님, 안 그래도 마침 가려고 했습니다."

"아아, 혹시 마을 때문인가?"

"아, 네. 마을 때문인 건 맞습니다만."

어떻게 아느냐는 무혁의 눈길에 아뮤르 공작이 웃었다.

"허허, 제국의 소식을 얕잡아 보는군."

"아, 그건 아닙니다. 죄송합니다."

"아닐세. 아직은 익숙하지 않을 테니까. 아무튼 마을이 작은 도시 규모로 발전했다지? 생각보다 빠르군. 역시 자네의 능력은 알아줘야 하겠어."

무혁 본인의 능력이라기보다는 시스템의 힘이겠지만 굳이 부정할 필요는 없었다.

"감사합니다."

"그래, 안 그래도 폐하께서 공문을 내리셨네. 총관."

"네."

"가지고 있나?"

"여기 있습니다."

총관에게서 받은 문서를 무혁에게 건네는 아뮤르 공작.

"자, 받게."

"이건……?"

"읽어보게나."

이미 뭔지 알고 있었기에 기대감은 없었다.

[칼럼 마을이 발전하여 소규모 도시로 확장된 것을 확인한 바, 그곳을 책임지는 준남작 무혁에게 영주로서의 권한과 직책을 내린다.]

간단한 글귀와 아래에 찍힌 황제의 낙인.

[정식으로 영주로 임명됩니다.]

그리고 떠오르는 메시지.

"이제 영주가 되었군. 몇 가지 혜택을 받을 수 있을 거네."

그래 봐야 큰 의미 없는 것들이겠지만 형식적으로나마 감사를 표했다.

"참, 황녀께 초대를 받았다지?"

"네, 연회에 참석하라고 하시더군요."

"호기심이 왕성한 분이신데……."

아뮤르 공작이 묘한 표정을 지었다.

"부디 잘 대처하게나."

"아, 네."

이미 그녀의 성격이 상당히 이상하다는 것을 경험한 상태였기에 대충 그런 의미로 알아들으며 고개를 끄덕였다.

"그래, 또 다른 볼일이 있는가?"

"아닙니다. 아, 참."

"뭔가?"

"제공해 주셨던 재료들. 정말 잘 썼습니다."

"허허, 그건 처음에 인사를 하지 않았나."

"눈에 띄는 성과 덕분에 또 고마운 마음이 솟아서요."

"눈에 띄는 성과?"

"네, 제가 무구도 강화할 줄 압니다."

"아아, 그랬군. 그래서……."

"네."

"한번 볼 수 있겠나?"

검은 장검을 보여주고 싶었지만 그건 이미 공개 경매장에 맡겨놓은 상태. 무혁은 고민하다가 그나마 괜찮은 6강짜리 검을 건넸다.

아뮤르 공작은 진지한 표정으로 검을 훑어보기 시작했고 이내 고개를 끄덕였다.

"아주 괜찮군."

말은 그랬지만 표정은 무덤덤했다. 그리 대단하진 않다는 의미.

"죄송합니다. 사실 가장 좋은 성과를 보인 건 공개 경매에 맡겨놓은 터라……."

"공개 경매?"

"네, 4일 뒤에 열리는 공개 경매장에 나올 겁니다."

"흐음, 이건 어느 수준인가?"

"평범보다 조금 더 나은 수준입니다."

"호오, 이게 말인가?"

"네."

검은 장검에 비한다면 분명한 사실이었기에 무혁은 자신만만했다. 그에 아뮤르 공작도 호기심이 살짝 섞인 표정을 보이며 고개를 끄덕였다.

"고생했군. 아무튼, 4일 뒤에 많은 일이 있을 것 같군. 그날 보겠네."

'많은 일?'

잠깐 고개를 갸웃거리긴 했지만 크게 의미를 두지 않았다.

"네, 그날 뵙겠습니다."

"살펴 가게."

인사를 마치고 성에서 나왔다. 그리고 5, 6강 아이템들을 경매장 시스템에 올렸다.

그리고 워프 게이트에 도착한 무혁.

"아벤소 마을로."

"예."

빛과 함께 아벤소 마을에 당도했다.

'가자.'

속도를 높여 마을을 벗어났다. 그러자 보이는 드넓은 초원. 평소와 마찬가지로 전력 질주하자, 불어오는 바람은 시원했으나 적적함이 밀려왔다.

[청랑의 활+6이 판매되었습니다.]
[수수료를 제외한…….]

"오호."

생각보다 괜찮은 가격이었다.

[흑웅의 창+6이 판매되었습니다.]
[수수료를 제외한…….]

'이것도 괜찮고.'

늘어나는 골드를 헤아리며 지루함을 달래는 무혁이었다.

잠시 후 마을에 도착한 무혁은 라카크를 찾아가 통신구를 전해줬다.

"영주님, 이건……."

"마법 통신구예요. 이제 다른 대륙으로 넘어가도 이야기를 할 수 있으니 너무 걱정하지 않아도 돼요. 거리가 너무 멀어지면 대화를 나눌 수 있는 시간이 짧아지긴 하겠지만요."

"짧은 게 뭔 상관이겠습니까. 이것만 있으면……!"

좋아하는 라카크를 보니 무혁도 흡족했다.

"그리고 헤밀 제국으로부터 정식 영주로 임명받았어요. 앞으로는 그에 맞춰 지원을 받을 수도 있으니 알아두세요."

"오오, 벌써 말입니까?"

"생각보다 빠르죠?"

"네, 정말 빠르군요."

"참, 건설 공사는 진행이 어때요?"

"내일 오전에 완공될 것 같습니다."

그러면 내일 접속해서 건축 레벨을 올리면 되리라.

"고생하셨어요."

"별말씀을요."

"시간도 늦었으니 너무 무리하지 말고 쉬세요."

"그래야지요."

"저도 이만 가봐야겠네요."

"푹 쉬십시오, 영주님."

"네, 내일 뵐게요."

몸을 돌리려던 무혁이 문득 생각나서 말했다.

"아아, 한 가지만 더요."

"네, 영주님."

"도란이 안 보이던데 혹시 어디 있는지 아세요?"

라카크의 표정이 순간 어두워졌다.

"제가 미처 말씀을 못 드렸군요. 그 친구, 영주님께서 떠나고 얼마 지나지 않아서 수련이 부족하다면서 멀리 떠났습니다. 어디로 가는지, 언제 올지 말해주지도 않더군요. 그저 스스로의 실력이 부끄럽지 않게 되면 돌아오겠다는 말만 남긴 것으로 압니다."

"으음, 그랬군요."

그래서 찾을 수가 없었던 것이었다.

'잠깐 사냥이라도 갔나 싶었더니.'

"수정구가 있으니 그 친구가 돌아오게 되면 바로 연락을 드리겠습니다."

"그러면 되겠네요."

그나마 수정구 덕분에 마음을 놓을 수 있었다.

"그럼 진짜로 쉬세요."

"예, 영주님."

라카크와 헤어진 무혁은 서둘러 중앙 식당으로 향했다.

끼이익.

문을 열자 고기를 썰고 있는 성민우, 예린, 김지연이 보였다. 무언가를 씹고 있는 성민우의 표정이 매우 밝았다. 너무 맛있어서 행복에 푹 빠져 버린 모습이 바로 저러할까. 보기만 해도 입에서 침이 고일 지경이었다.

"쓰읍, 맛있냐?"

"어, 왔냐."

"오빠, 여기 앉아. 방금 오빠 것도 나왔어."

"오오, 그래?"

무혁도 자리를 잡고 접시에 담긴 음식을 포크로 찍었다. 조심스럽게 입에 넣는 순간.

"크으……."

절로 터지는 감탄사.

"여기가 진짜 맛있다니까."

"솔직히 현실에서 먹는 고급 요리보다 더 맛있지 않냐?"

"인정."

그때 예린이 김지연을 쳐다봤다.

"언니, 언니 입에도 맞지?"

"으, 으응. 엄청 맛있어."

그녀의 희미한 미소에 성민우가 헤헤거리며 웃었다.

"또 멍청한 표정."

"내가 언제?"

친근한 사람들과, 맛있는 음식. 기분 좋은 시간을 보낼 수밖에 없는 상황이었다.

"하, 배부르다."

"배부르니까 피곤해."

"그럼 오늘은 여기까지만 하자. 다들 내일 보는 거로 하자고."

"오케이, 쉬어라. 나 나간다!"

"어."

"오빠, 내일 봐. 언니도!"

"내, 내일 뵐게요."

치이익.

캡슐의 문이 열리고 몸을 일으킨 무혁은 가볍게 스트레칭을 해준 후 일루전 홈페이지에 접속했다.

"흐음."

턱을 괴고서 자유게시판을 훑었다.

[제목 : 4일 뒤, 공개 경매장에 8강짜리 무기가 나옵니다!]

[내용 : 무혁 님의 일루전TV 방청자인데요. 오늘 대박 사건 하나가 떴습니다. 최초의 8강짜리 무기, 장검이 4일 뒤 헤밀 제국에서 공개 경매로 판매된다고 합니다! 그 뭐냐, 어디 대형 길드에서 9천 골드에 산다고 했는데 무혁 님이 단호하게 거절! 크, 얼마나 멋있던지! 돈 좀 있으신 분들, 그날 공개 경매에 한 번 참여해 보세요.ㅋㅋㅋ]

┗오, 비공개가 아니라 공개임?

┗ㅇㅇ. 아무래도 비공개 경매는 돈 많은 사람이 많기는 한데 수가 제한적이라 경쟁 요소가 적기는 하죠.

┗그런가? 오히려 비공개가 이득일 거 같은데.

┗흐음, 솔직히 8강 장검이면 공개 경매를 해도 어차피 비공개 경매에 참여하는 갑부들은 다 모이지 않음? 물리 공격력이 얼마인지는 모르겠지만, 대형 길드에서 9천 골드까지 제안한 거 보면 장난이 아닌 거 같은데……. 거기에 비공개 경매에는 참여 못 하는데 돈이 많은 유저도 모일 거고.

┗호오, 그렇게 볼 수도 있겠네요.

┗크, 저는 구경이나 가야겠네요.

┗사람 엄청 많을 거 같은데요ㅋㅋㅋ

┗살 거 아니면 안 가는 게 장땡임. 어차피 영상 다 나올 텐데요, 뭐.

┗오호라. 그걸로 구경하면 되겠네요.

┗그래도 현장감이 최고 아님? 진짜 박 터지게 싸울 거 같은데…….

┗제대로 된 돈질을 보는 거임?

┗크, 부럽다…….

┗나도 8강 무기 갖고 싶다구요.ㅠㅠ

일루전TV 방청자가 이미 홍보를 해놓은 상태였다.

'뭐, 딱히 글을 올릴 필요는 없겠네.'

이 정도라면 공개 경매장을 찾는 유저가 꽤 많으리라. 그들 중 일부는 제대로 돈을 준비해서 오게 마련. 상당히 괜찮은 가격을 받을 수 있을 것이 분명했다.

그렇게 생각하고 있는데 눈에 들어온 하나의 댓글.

└이거 비밀인데, 돈 있는 유저들 담합하는 거 같던데.ㅎㅎ

└엥? 담합?

└일부러 경매가격 지지부진하게 올려서 싼값에 얻겠다는 뭐 그런 수작?

└그게 가능함?

└벌써 최상위 길드들 움직이고 있다고 함. 인맥 엄청나게 동원해서 벌써 암암리에 소문도 들림. 상위권, 중위권 길드랑 심지어 하위권이지만 이제 치고 올라오는 곳. 그러니까 돈 좀 있는 곳에는 전부 압박을 주고 있다던데요?

└에이, 뜬소문임ㅋㅋ

└맞음. 말이 안 됨. 솔직히 미치도록 비싼 금액도 아니고. 그냥 개인으로 움직이는 유저가 가서 가격 올려 버리면 끝나는 거 아님?

└그러게?

└분위기만 잡히면 충분히 가능한 일임. 왕따가 왜 생기는 줄 아심? 일진 한 명이 저 새끼, 왕따시킬 거라고 점을 딱 찍으면 나머지 애들은 그냥 동조만 하는 거임. 그렇게 분위기가 잡히면 왕따에서 벗어날 수가 없는 거고. 제일 중요한 건 분위기라는 거.

└이것도 말이 되네요.

└허어, 어떻게 되려나요?

└뭐, 지켜보면 알겠죠.

그 내용에 미간이 찌푸려진 무혁.

'설마……?'

가능성이 지극히 낮은 일이긴 하지만 그래도 만에 하나라는 게 있었다. 보지 않았다면 몰라도 댓글을 본 이상 그냥 넘길 순 없었다. 그러나 곰곰이 생각을 해봐도 딱히 이렇다 할 해결책은 보이지 않았다.

'민우에게 부탁을……?'

문득 든 생각에 급히 고개를 저었다.

'친구를 팔 수는 없지.'

그들에게 표적이 될 수도 있는 일이었으니까.

다시 고민이 이어졌다.

다음 날. 어제의 일이 찝찝함으로 남았지만, 그 일은 잠깐 뒤로 미뤄둔 채 동료들과 함께 몬스터 사냥에 열을 올렸다.

휴식 시간에 자기도 모르게 고민을 털어놓는 무혁.

"뭐? 댓글에 그런 게 있었다고?"

"어."

"와, 진짜 그 쓰레기 자식들!"

"오빠, 내가 바람잡이라도 해주면 어때?"

"아니, 그건 안 돼."

"왜?"

"진짜로 사실이라면 표적이 되는 거잖아."

"아⋯⋯!"

이야기를 듣고 있던 성민우가 한껏 가슴을 내밀었다.

"그럼 내가 해줄게."

"너도 안 돼."

"왜? 그깟 새끼들한테 내가 쫄 거 같냐?"

"아이템 하나 좀 더 비싸게 팔자고 친구를 팔아야겠냐?"

그 말에 성민우가 우물거렸다.

"그, 그건 아니지만."

"그래, 그건 아니지. 아무튼 너무 신경 쓰지 마라. 아닐 확률이 지극히 높으니까."

"하긴, 미친 것도 아니고 아이템 하나 얻자고 그런 수고를 하겠어? 무슨 중, 하위권 길드를 다 찾아가서 압박을 주니, 마니. 말이 안 되긴 하지."

"맞아."

이내 잊어버리고 다시 사냥을 나섰다.

25분 사냥. 그리고 휴식이 반복되는 사이 종종 마계로 떠나는 무혁의 소환수들. 당연히 결과는 몰살. 그러나 무혁은 실망하지 않고 뼈를 교체하면서 꾸준히 성장시키고 다시 마계로 이동시키기를 반복했다.

언젠가는 경험치를 다시 얻을 날이 오리라.

"공복도도 떨어졌지?"

"응!"

"가볍게 먹자."

요리도 조금 하고.

"잘 먹었다."

다시 사냥. 그리고 휴식을 취할 땐 아이템을 강화했다.

"점심시간이네, 벌써."

"밥 먹고 오자."

"그래, 난 건축 때문에 칼럼 마을에 좀 들러야 하니까, 먼저 들 사냥하고 있어."

"응, 오빠."

게임에서 나온 무혁은 어머니와 함께 점심을 먹고 다시 일루전에 접속했다. 칼럼 마을 입구에 도착하자마자 건축 레벨부터 확인했다.

건축 레벨 : 4(100%)

여관, 음식점, 잡화점, 도축장, 목수 길드, 대장장이 길드, 무기, 방어구 상점, 액세서리점, 길드 관리소, 전사 길드, 궁수 길드, 마법사 길드, 신전, 확장 공사.

건축 레벨은 4였고 경험치는 100퍼센트.

'드디어……!'

뒤이어 메시지가 떠오른다.

[건축 레벨을 5로 상승시킬 수 있습니다.]

[명성이 50,000에 도달해야 가능하며 필요한 수치의 10퍼센트의 명성이 소모됩니다.]

명성은 이미 20만을 넘은 상태라 문제가 없었다.

[건축 레벨을 5로 올립니다.]
[명성이 5,000만큼 소진됩니다.]

그리고 고대하던 5레벨이 되었다.

건축 레벨 : 5(0%)
여관, 음식점, 잡화점, 도축장, 목수 길드, 대장장이 길드, 무기, 방어구 상점, 액세서리점, 길드 관리소, 전사 길드, 궁수 길드, 마법사 길드, 신전, 확장 공사, 정령사 길드, 도적 길드, 정보 길드, 고층 건물 확장 공사.

[고층 건물 확장 공사]
최고 5층 높이의 건물을 지을 수 있으며 현재 지어진 저층 건물의 층수를 높일 수 있다.

가장 기대했던 부분이었다.
'자, 그러면.'

기다릴 것 없이 곧바로 건축 계획을 세웠다.

[정령사 길드 건축 계획을 세웁니다.]
[도적 길드 건축 계획······.]

전부 5층짜리 건물로 확정.

[기존 여관의 층수를 확장하는 계획을 세웁니다.]
[기존 전사 길드의······.]

게다가 기존의 저층 건물은 최소 3층에서 5층까지 추가로 계획을 세웠다.

"후, 다 됐네."

워낙에 계획을 많이 세운 터라 상당한 시일이 소요될 것이다. 그동안은 칼럼 소도시의 주민들이 아주 분주하게 움직이리라. 물론 조금 더 여유를 두고 시작하는 게 좋겠지만, 곧 떠나야 하는 입장이었기에 어쩔 수가 없었다. 건축물의 설립 계획은 무혁이 직접 해야만 하는 것이었으니까.

나머지 관리에 대한 부분은 라카크에게 맡길 수 있으니 걱정이 없었다.

"영주님!"

마침 저 멀리서 다가오는 라카크가 보였다.

제3장
연회

라카크가 할 말은 충분히 예상이 되었다.

무혁이 세운 계획들. 그것들의 반복일 테니까.

"……이렇게 하는 게 어떻겠습니까?"

"그렇게 해주세요. 어차피 얼마 후면 카이온 대륙으로 떠나야 하니까 일거리를 왕창 만드는 게 더 낫겠죠?"

"그럼요. 저는 관리만 할 뿐이니까요."

"그럼 진행해 주세요. 나머지 일들은 수정구를 통해서 말씀드려도 될 것 같네요."

"알겠습니다. 지금부터 바쁘게 좀 움직여야 할 것 같습니다. 떠나시는 날에 꼭 들러주십시오, 영주님."

"물론이죠. 고생해 주세요."

"예!"

라카크가 멀어졌다.

무혁은 바삐 움직이는 그를 잠시 바라보다 등을 돌렸다.

'이제 한동안은 괜찮겠지.'

남은 건 연회에 참석하는 것과 공개 경매. 이 두 가지만 끝내고 나면 카이온 대륙으로 향할 것이다. 그곳에서 숨겨진 힘을 얻는 것. 최우선 과제는 일단 그것으로 결정했다.

무혁은 생각의 정리를 마치고 채팅창을 열었다.

[무혁 : 할 일 끝. 다시 사냥터로 갈게.]
[예린 : 응, 빨리 와!]

"여기!"

"쉬는 중이었네?"

"마침 다 쉬었어. 바로 사냥하자고."

"좋지."

곧바로 몬스터 학살을 시작했다.

키아아아악!

괴물의 울부짖음이 쉼 없이 이어졌다.

간간이 마을에 들러 건축 상황을 확인하고 나머지 시간 대부분은 사냥으로 보냈다. 죽음의 탑처럼 갇힌 공간이 아니라는 것만으로도 충분히 즐거웠다. 게다가 한 마리, 한 마리 고생해서 잡다가 조금 약한 녀석들을 쓸어 모아 단번에 경험치로 만들어 버리는 시원함은 지금까지의 사냥과는 분명 다른 즐거움이었다.

"몰이사냥도 괜찮은데?"

"난 너무 좋아!"

"크, 이렇게 시원하게 사냥한 게 얼마 만이냐."

"스트레스가 확 풀리지?"

"완전."

"이것도 오늘이 끝이야."

그 말에 성민우가 고개를 돌렸다.

"아, 내일 카이온 대륙으로 가는 거냐?"

"어, 오늘 공개 경매만 끝나면."

"오빠, 연회도 참석한다고 했잖아? 우리는 그냥 쉬고 있을게. 초대도 안 받았는데 괜히 같이 갔다가 못 들어가면……."

"음, 그런가?"

"응, 그러니까 편하게 다녀와."

"알겠어."

마침 시간도 얼추 맞아떨어졌다.

"해도 서서히 지고 있으니……."

몸을 일으키는 무혁.

"갔다 올게."

"오케이. 우린 여기서 사냥이나 할게."

"그래."

"오빠, 다른 여자한테 눈길 주지 말구."

"걱정 마."

"다, 다녀오세요."

"네."

1시간 정도를 달려 아벤소 마을에 도착한 무혁은 워프게이트를 이용해 곧바로 헤밀 제국의 땅을 밟을 수 있었다.

군마에서 내린 후 성문을 지키는 경비원에게 귀족 패를 보여준 후 내부로 들어섰다.

'한가한데?'

그런 생각을 하며 중앙 지역으로 걸어갔다. 그런데 정작 연회가 열리는 위치는 어디인지 알 수 없었다. 아뮤르 공작을 찾아가야 할지, 전에 갔던 황제의 정원을 찾아가야 할지 고민하고 있는데 일단의 무리가 우르르 모여서 나왔다.

"서둘러!"

"예!"

"거기, 음식 안 쏟게 조심하고."

"알겠습니다!"

메이드복을 입은 여인들과 작업복을 걸친 사내. 그들은 각종 장식품과 음식들을 고루 든 채 어딘가로 향하고 있었다. 굳이 물어보지 않아도 목적지를 예상할 수 있었지만, 혹시나 하는 마음에 입을 열었다.

"실례합니다."

"예?"

"지금 연회장으로 가시는 거죠?"

"그건 왜 물으시는지……."

무혁이 귀족 패를 보여줬다.

"시, 실례했습니다!"

"괜찮아요."

"그런데 연회장은 왜……?"

"초대를 받았는데 길을 몰라서요."

"아, 그럼 저희를 따라오시면 됩니다."

"고마워요."

메이드를 쫓아 꽤 복잡하게 길을 이어간 끝에.

"여깁니다."

목적지인 연회장에 도착할 수 있었다. 하지만 아직 귀족은 보이지 않았다.

"거기! 옆으로 더!"

"거기가 아니잖아! 좀 더!"

"여기로 와!"

"서둘러 주세요!"

넓은 곳을 분주하게 오가는 많은 사람 속에서 아무것도 하지 않고 가만히 있는 건 꽤나 어색한 일이었다. 뭐라도 도와야하지 않을까 싶은 생각을 자연스럽게 하고 있는데 어디선가 서

늘한 기운이 풍겨왔다.

'음?'

일을 하는 이들 역시 어느 한 지점을 자꾸 힐끔거리고 있었다. 고개를 돌리니.

"아……."

그곳에 무심한 표정의 황녀가 있었다. 그녀 역시 무혁을 발견한 듯 말을 걸어왔다.

"거기, 너. 전에 내가 초대했던 녀석이네?"

"그렇습니다."

"이리 와봐."

그녀의 앞으로 향하는 무혁.

"흐음, 그땐 인상적이었어."

"예?"

"내 공격을 막아낸 거."

"아, 예……."

"이번 연회에서도 기대하겠어."

황녀의 말에 괜히 불안해진 무혁이었다.

'또 뭔 짓을……?'

물론 직접적으로 물어볼 순 없었다.

"곧 시작할 테니 기다리고 있어."

"예, 황녀님."

"자, 다들 빨리 마무리 지어!"

"예, 예!"

황녀는 몇 가지를 직접 확인하며 지시를 내렸다. 보통 일루전의 귀족 NPC들은 이런 준비과정에는 참여하지 않는 편이다. 아랫사람을 보내어 관리를 맡기고 마무리가 된 이후에만 나타나 마지막을 장식하는 게 그들의 일이었으니까.

그런데 황녀는 조금 달랐다. 그녀는 몸으로 움직이며 모든 것을 총괄하고 있었다.

무혁은 조금 뒤로 물러나 연회장이 완성되어가는 모습을 눈에 담았다. 잠시 후 연회장이 완성되고 얼마 지나지 않았을 즈음, 한껏 치장한 귀족들이 모습을 드러냈다.

"황녀님, 인사드립니다. 하뮤른 백작입니다. 이 아이는……."

"오, 그래요. 하뮤른 백작."

자식을 소개하려는 순간 황녀가 말을 끊으며 소개를 막아 버렸다.

"아, 예. 황녀님."

"연회를 즐기도록 하세요."

"알겠습니다……."

하뮤른 백작의 표정이 순간 일그러졌으나 언제 그랬냐는 듯, 웃으며 돌아섰다. 이후로도 비슷한 상황이 이어졌다. 황녀는 대부분의 귀족에겐 차갑고 딱딱하게 굴었다. 극히 일부의 귀족에게만 웃으며 진심으로 환대하는 모양새였다.

'살벌하네.'

숨겨진 비수가 오가는 현장에 숨이 막혀오는 찰나.

"음? 제자냐?"

등 뒤에서 들린 익숙한 목소리에 고개를 돌렸다.

"어, 스승님……?"

고개를 돌리자 발시언 영감이 고개를 갸웃거리고 있었다.

"네가 여긴 무슨 일이냐."

"아, 초대를 받아서요."

"네가 말이냐?"

"네."

"호오, 별일이구나."

"스승님은 왜……?"

"내가 여기 오면 안 되기라도 하는 것처럼 말하는구나."

순간 움찔하는 무혁이었다.

"그럴 리가요."

"당황하는 모습이 심상치가 않은데?"

"절대로 아닙니다."

"좋다, 믿기진 않지만 넘어가마. 그보다 기왕 여기에 왔으니 제대로 인사는 해야지."

"누구하고요?"

"따라와라."

발시언은 무혁을 데리고 황녀에게로 향했다.

"저 왔습니다, 황녀님."

"와주셔서 감사해요."

황녀의 태도가 꽤나 공손했다. 뒤쪽에 있던 무혁이 속으로 크게 놀랄 정도로.

하지만 발시언은 당연하다는 듯 가볍게 고개를 끄덕였다.

"참, 여기 이 녀석. 제 수제자입니다."

"예? 정말요?"

"네, 여기에 있어서 놀랐습니다."

황녀의 시선이 무혁에게로 옮겨졌다.

"전에도 나를 놀라게 하더니……."

"그랬습니까?"

"네, 아무튼 오늘 재밌게 즐겨주세요."

"허허, 알겠습니다."

황녀에게 인사를 마친 발시언은 그때부터 무혁을 이곳저곳에 데리고 다녔다. 일부는 발시언의 제자라는 이유만으로 깊은 호감을 듬뿍 담아서 무혁을 대했고 일부는 건성으로, 혹은 약간의 적의나 악의를 드러내기도 했다.

"방금 전 녀석도 기억했겠지?"

"네, 뭐……."

"재수 없는 놈이니까 잊지 마라."

아마도 방금 만난 헤르본 자작만큼은 쉽게 잊을 수 없을 것이다. 깔보는 시선과 눈동자는 흐릿하게 남아 있던 좋지 않은 기억을 자극했다. 전신 마비로 지내던 시절의 무기력함이 잠깐 떠올랐다가 사라졌었으니까.

"그럴게요."

"그래, 다음은……."

무혁은 또 발시언을 따라 움직였다.

"오랜만이구만."

"아이고, 경께서 오셨군요."

발시언은 말을 놓았고 자작이 발시언에게 존대를 했다. 그 것만으로도 발시언의 위상을 예상할 수 있었다.

'생각보다 더 대단하네.'

가벼운 인사를 시작으로 중요한 정보로 여겨지는 것들이 조금씩 튀어나왔다.

"앞으로 어찌할 생각입니까."

"뭐, 내가 할 게 있나."

"들어보니 알테온 백작을 데려오는 게 쉽지 않을 거라고 합니다."

"그건 알아."

"어쩌면······."

"어허, 더 이상은 말을 조심하게."

"어이쿠, 알겠습니다."

무혁은 수시로 흘러나오는 정세에 관한 이야기를 귀에 담았다. 카이온 대륙과의 기류가 심상치 않다는 말들. 생각보다 많은 귀족이 발시언을 보기만 하면 그와 연관이 있는 주제를 꺼내곤 했다. 아마도 전쟁에서 발휘되는 발시언의 힘을 이들은 알고 있기 때문이리라.

"만에 하나라도 좋지 않은 일이 벌어진다면······."

"이 늙어빠진 몸으로 힘을 쓰라고?"

"그러고 보니 경께서도 나이가 참······."

"크큭, 놀리는 건 됐어."

"죄송합니다."

"괜찮아. 뭐, 정 상황이 어려우면 여기 있는 내 제자 놈이 나설 테니까."

그에 귀족의 시선이 옮겨진다.

"호오, 이 젊은이가 말이죠?"

"그래."

이야기를 들을수록 상황이 심상치 않다는 걸 깨닫게 된다. 어쩌면 정말로 전쟁이 날지도 모른다는 생각이 들었으니까.

'정말 그렇게 되면······.'

카이온 대륙에 숨겨진 힘을 찾는 게 어려워진다.

'최대한 서둘러야겠어.'

조금 여유롭게 돌아다니려던 마음을 버렸다. 머릿속으로 계획을 수정하고 있는데 황녀가 몸을 일으켰다. 그녀가 뿜는 존재감이 거대했기에 결코 무시할 수 없었다. 모두가 자연스럽게 고개를 돌렸고 그것은 무혁 역시 마찬가지였다.

"모두들 연회에 참석해 주어 고맙습니다. 오늘은 특별한 인연을 맺게 된 발시언 경의 제자, 무혁 준남작에게 한 가지를 제안하고자 합니다."

"으음······?"

무혁은 갑작스레 튀어나온 본인의 이름에 눈이 커졌다.

"지난번, 내 검을 피한 실력은 잘 봤다."

"아, 예."

"오늘은 제대로 된 실력을 보고 싶구나."

본래 그런 것일까. 아니면 많은 이가 모여서일까. 황녀에게서 풍겨오는 존재감이 공기를 울렸다.

'하, 정말이지……'

저런 말도 안 되는 위압감이라니.

보통의 경우였다면 고개를 끄덕이며 수긍했으리라. 그러겠노라고 대답하면서 말이다.

하지만 지금의 무혁은 실력을 보이라는 저 말이 꺼려졌다. 이렇게 많은 이들이 보는 앞에서 광대처럼 재롱이라도 피우라는 것인가. 그런 장난은 하고 싶지 않았다. 게다가 게임이라는 것을 명확하게 인지하는 상태인지라 황녀의 존재감에 짓눌리지 않을 수도 있었고.

"저는……."

이어진 황녀의 말이 아니었더라면 단숨에 거절했으리라.

"그대의 기분을 배려하지 못하는 건 사실이나 이 자리에서 꼭 확인해 보고 싶다. 부탁을 들어줄 수 있겠느냐."

부탁의 어조로 나온다면 대답하기가 애매해진다.

'이걸 어쩌나……'

고민하고 있는데 퀘스트가 떠올랐다.

[황녀의 부탁]

[제멋대로인지 아니면 행동력이 앞서는 것인지, 황녀는 연회장에서 무례할 수도 있는 부탁을 해왔다. 많은 귀족이 지켜보는 이

곳에서 상대를 압도할 수 있는 수준의 실력을 보여주어라.]

　[성공할 경우 : 황녀의 보물 1개.]

　[퀘스트를 수락하시겠습니까?]

　그것도 아주 좋은 보상을 지닌 퀘스트가 말이다.

　'보물……?'

　일반적인 보물도 아니고 무려 황녀의 보물이었다. 실력을 보여주기만 한다면 황족의 피를 이은 존재가 보물이라 여기는 수준의 아이템을 얻을 수 있는 것이다. 이대로 놓치기에는 솔직히 아까운 것이 사실이었다.

　'그래, 실력만 보이는 거라면.'

　피어오르는 불안감을 애써 지워 버렸다.

　"알겠습니다."

　"좋구나. 그러면 상대를 할 누군가가 있어야 할 것인데……."

　기다렸다는 듯 헤르본 자작이 나섰다. 그의 표정은 마치 기회를 잡았다는 것처럼 꽤나 득의양양했다.

　"제가 한 말씀 올릴 수 있게 해주시겠습니까?"

　"해봐라."

　"감사합니다, 황녀님."

　헤르본 자작이 한쪽 무릎을 꿇었다.

　"허락만 해주신다면 저의 호위기사를 내보내고 싶습니다."

　"호위기사?"

　"예, 황녀님."

황녀의 시선이 무혁에게로 옮겨졌다.

"그대의 의견은 어떤가."

"저는 상관없습니다."

"그럼 자리를 마련하도록."

황녀의 말에 귀족들이 뒤로 물러났다.

동시에 다수의 메이드가 다가와 중앙에 놓여 있던 각종 음식과 식탁을 치웠다. 그러자 순식간에 대련을 펼칠 수 있을 정도의 넓은 공간이 마련되었다.

"제 호위기사, 트레샤입니다."

기사 트레샤가 앞으로 나섰다.

"이렇게 나설 수 있게 되어 무한한 영광으로 생각합니다."

"당연한 것이다. 서론은 되었고 본론으로 넘어가도록."

"알겠습니다."

뒤이어 무혁도 앞으로 나섰다. 그리고 황녀에게 가볍게 예를 표한 후 기사와 마주했다.

"좋구나. 그럼 시작해 봐라."

트레샤가 검을 뽑고, 무혁도 검과 방패를 꺼냈다.

"하아압!"

직후 지면을 밀어내며 달려드는 트레샤.

백호보법을 사용하자마자 틈이 드러났다. 무혁은 슬쩍 몸을 움직여 여유롭게 트레샤의 공격을 피했다.

그러자 트레샤가 미간을 살짝 찌푸리며 연계 공격을 펼쳐왔다. 위, 아래, 옆으로 쉴 새 없이 날아드는 사나운 검날이었으나 무혁의 털끝 하나 건드리지 못했다.

"뭐 하는 거야! 똑바로 하지 않고!"

뒤에서 지켜보던 헤르본 자작의 외침. 트레샤의 몸놀림이 한층 더 격해졌다.

휙, 휘릭.

갈수록 공격의 속도가 빨라졌다. 재밌는 것은 덩달아 빈틈 역시 줄어들기 시작했다는 점이었다.

'진짜 실력을 숨기고 있었구나.'

이 정도에서 슬쩍 건드려 볼 심산으로 방패를 올렸다.

카강!

방패에 검날이 부딪힌 직후.

파워대시.

현재 6레벨로 '(물리 방어력+마법 방어력)×350퍼센트'의 대미지를 주는 효자 스킬이었다. 무혁의 현재 물리 방어력은 1,123. 마법 방어력은 1,171이었다. 즉, 파워대시의 대미지가 무려 2,294의 3.5배라는 소리다. 물론 상대의 방어력도 감안을 해야 겠지만.

[7,634의 대미지를 입힙니다.]

정확한 수치는 7,634. 풍폭을 사용했더라면 족히 2만에 달하는 대미지를 입혔으리라.

'그러다 죽을지도 모르니까.'

연회장에서 귀족의 기사를 죽이면 꽤나 곤란하지 않겠는가. 해서 그 부분까지 생각하며 웬만하면 제압만 하자는 생각으로 기사를 상대했다. 그 탓에 조금은 어영부영한 싸움이 이어지고 있었다.

아뮤르 공작이 연회장에 들어섰다.

'흐음?'

분위기가 꽤나 이상함을 발견한 그가 급히 자리를 잡았다.

"아뮤르 공작님?"

"아, 자네군."

"이쪽으로 오십시오."

"그러지."

백작이 자리를 내주었다. 그제야 연회장 중앙에서 벌어지는 장면이 눈에 들어왔다.

'무혁 준남작……?'

그가 기사와 싸우고 있었다.

"이게 무슨 일인가?"

"그것이……."

백작의 설명에 아뮤르 공작이 미간을 눌렀다.

"끄응. 황녀님이 또……."

그렇다고 말릴 수도 없는 일. 기왕 이렇게 된 거 무혁의 실력을 제대로 확인해 보기로 했다.

싸움은 생각보다 치열했으나.

"그런데 분위기가……."

"아아, 좀 그렇죠?"

두 사람도 느낀 것을 황녀가 느끼지 못했을 리가 없었다. 이미 충분히 일그러진 표정이 황녀의 분노를 짐작할 수 있었다.

더 이상은 견딜 수 없다는 듯, 그녀가 주먹으로 탁자를 내려쳤다.

콰앙!

그 소리와 함께 고함을 지르는 황녀.

"그만!"

무혁과 트레샤, 두 사람 모두 동작을 멈추고 검을 검집에 꽂았다.

몸을 돌리자 몸을 미미하게 떨고 있는 황녀가 보였다.

"지금, 장난하는 것이냐."

"……."

"어째서 제대로 실력을 보이지 않는 것이지?"

둘 다 쉽게 대답하지 못했다.

"어서 대답하라!"

그에 트레샤 기사가 먼저 한쪽 무릎을 꿇었다.

"송구하옵니다. 상대를 죽일까 싶어 힘을 아꼈습니다."

"무혁 준남작, 그대는?"

"마찬가지입니다."

"내 앞에서 그런 꼴같잖은 모습을 보이지 마라. 죽일 것이

겁난다면 상대가 덤벼들지 못할 정도로 압도하면 될 일! 특히, 무혁 준남작."

"예."

"내가 방금 한 말을 명심해라. 다시 같은 장난질을 친다면 용서하지 않을 것이다."

장난질이라는 말에 울컥했다.

이게 장난질로 보였나? 나름 진지하게 기사를 상대했던 것 인데?

그 생각에 표정에 드러났는지 얼굴이 일그러졌다.

"내 말을 이해하지 못한 모양이군."

"무슨……."

"그대는 발시언 경의 제자가 아닌가!"

그제야 황녀의 말을 이해했다.

'이런…….'

왜 황녀가 저렇게 화를 내는지도 깨달았다. 장난질이라 말 한 까닭도.

"죄송합니다."

"이번엔 둘 모두 제대로 해야 할 것이다."

"물론입니다."

대답을 한 트레샤가 무혁을 쳐다봤다.

무혁은 아직 황녀를 바라보고 있었다. 제대로 된 실력, 단 하나의 남김도 없는 전력. 황녀는 그것을 원하고 있었다.

'그래, 보여주자고.'

하지만 이 좁은 공간에서는 불가능한 일.

"그대는 왜 대답이 없는가."

"이곳이 너무 좁습니다."

"뭐라?"

"전력을 원하신다면 더 넓은 공간이 필요합니다."

"좋다, 그대의 말을 들어주겠다."

즉시 귀족들이 훨씬 더 많이 물러섰다. 연회장을 채우던 식탁과 음식까지도.

"이 정도면 되겠나?"

"아슬아슬하지만, 가능할 것 같습니다."

그제야 무혁이 몸을 돌렸다.

"그럼 시작하도록."

황녀의 말이 끝남과 동시에 무혁에게서 바람이 불어왔다.

후우웅.

그 바람이 내려앉은 곳에서 새하얀 먼지가 치솟는다. 먼지가 내려앉고 그것들이 모여 하나의 형상을 이루기 시작했다.

한 마리, 두 마리. 열 마리, 스무 마리. 어느새 백 마리를 훌쩍 넘어선 형상들. 하지만 아직 완전하지는 않았다.

"뭐, 뭐야!"

"이건……!"

이윽고 흐릿했던 형상이 사라지고 총 199마리의 대군이 모습을 드러냈다.

흩날리던 먼지가 사라지고 그 위용이 연회장을 가득 채웠다. 거대한 몸집, 그리고 손에 지닌 무구들. 각양각색의 생김 새와 덜그럭거리는 소리. 마치 죽어버린 공간에 뛰어든 것만 같은 낯선 이질감.

그러나 중앙에 위치한 한 명의 사내는 분명 인간이었고 그에게서 뿜어지는 존재감은 주변을 침묵하게 만들었다.

그야말로 압도. 다른 말은 필요가 없었다.

"으, 으음."

정면에서 싸우기 위해 준비하던 기사, 트레샤가 침음을 흘렸다. 기세에 밀려 어느새 뒤로 밀려난 상태였는데 그 사실을 깨달았음에도 앞으로 나설 자신이 없었다.

"그럼 먼저 공격하겠습니다."

무혁의 말과 함께 스켈레톤들이 움직이기 시작했다. 후미에 위치한 메이지의 손에는 짙은 마법의 기운이 모여들었고, 아처는 어느새 시위에 뼈 화살을 건 채 허공을 겨냥하고 있었다. 저 공격이 시작되면 피할 수도, 막아낼 수도 없음을 기사는 깨달았다.

"자, 잠깐!"

그러나 스켈레톤은 멈추지 않았다.

"항복, 항복하겠습니다!"

그제야 거짓말처럼 동작이 멎었다.

[퀘스트 '황녀의 부탁'을 완료했습니다.]

무혁은 잠시 허공을 응시한 후, 떠오른 메시지에 손을 휘저었다. 그러자 스켈레톤이 전부 먼지가 되어 사라졌다.

　무혁의 실력 행사로 인해 연회장이 일찍 마무리되었다.

"다 가는구만."

"그러게요."

"그보다, 제자야."

"네?"

"너 좀 컸더라. 생각보다 소환수도 많고."

"제가 능력이 좀 좋습니다."

　발시언이 웃으며 무혁의 뒤통수를 툭 하고 건드렸다.

"또 건방지구나."

"죄송합니다."

"표정 봐라. 웃고 있는데?"

"그럴 리가요."

"지난번이랑 비슷한 패턴인 거 같다만."

"절대 아닙니다."

"녀석, 아무튼 고생했다. 황녀님 앞에선 최대한 예의를 갖추고."

"예, 그럴게요."

　발시언이 연회장을 벗어나고 기다리고 있던 황녀가 무혁을 이끌었다. 그때 눈치를 보고 있던 아뮤르 공작이 나섰다.

"황녀님, 이제야 인사드립니다."

"오신 건 봤습니다."

"그러셨군요. 오자마자 싸움이 일어나고 있어서⋯⋯."

"제가 또 호기심이 동해서 말이죠."

"그러실 것 같았습니다. 잠깐 이 친구와 이야기를 나눠도 되겠습니까."

"그러시죠."

아뮤르 공작이 무혁에게 다가갔다.

"오늘 잘 봤네."

무혁은 딱히 할 말이 없어 어색하게 웃었다.

"실력이 이렇게 좋을 줄은 몰랐군. 게다가 발시언 경의 제자일 줄은 더더욱. 그냥 평범한 네크로맨서라고 여겼건만."

"미처 말씀드리지 못해서 죄송합니다."

"아닐세. 인사나 할 생각이었으니까. 연회장에 왔는데 한 마디도 못 나누는 건 좀 그렇지 않은가. 물론 개인적으로 할 이야기도 있네만. 그건 조금 있다가 나누도록 하지."

"예?"

"이만 가보겠네."

아뮤르 공작은 황녀에게 인사를 한 후 떠났다.

'조금 있다가 찾아오라는 소리인가?'

미간을 살짝 찌푸린 무혁은 급히 기다리고 있는 황녀에게로 향했다.

"따라와라. 날 만족시킨 보상은 줘야 하니까."

"예, 황녀님."

그녀와 함께 이동하기를 몇 분. 걸음 옮기는 소리만이 들리는 가운데, 문득 호기심이 생긴 무혁이 입을 열었다.

"황녀님. 궁금한 게 있습니다."

"궁금한 것?"

"예."

"말해봐라."

"으음, 생각보다 많은 분이 저희 스승님한테 예의를 차리던데……."

그에 황녀가 고개를 돌렸다.

"그 이유가 궁금하다 이거냐?"

"맞습니다."

"스승이라면서 그의 위치도 모른다는 거군."

"저희가 좀 그렇습니다."

"하긴, 원래 그런 분이지."

잠시 뜸을 들이는 황녀.

"뭐, 간단하게 설명해 주겠다. 50년 전……."

옛 과거의 사건 하나가 그녀의 입에서 튀어나왔다.

"천마 전쟁이 일어났었다. 그는 그 전쟁의 여파로부터 이곳 포르마 대륙 전역을 지켜준 분이다. 물론 나도 직접 본 적은 없다. 기억 저장 영상 구슬을 통해 간접적인 경험만 있을 뿐이지. 하지만 그것만으로도 발시언 경의 업적이 얼마나 대단한지 충분히 실감할 수 있었다. 그는 혼자였지만 소환수라는 대군으로서 대륙을 지키는 수호신이기도 했다. 그때부터 네크로맨서가

양지로 나오게 되었지만 발시언 경은 귀찮다며 홀로 지냈지. 그러다 흑마법사 사건이 일어나면서 흑마법 계열이었던 네크로맨서가 백마법으로 옮겨졌었고. 아, 그러고 보니 한 가지 기억이 나는군. 흑마법사 지케라와의 사건에서 활약을 했다지?"

"아아, 네."

뒷말은 들리지 않았다.

'수호신이라.'

그 막무가내 노인이?

물론 실력이 진짜라는 건 이미 알고 있었다. 그래도 황녀에게 그 말을 들으니 뭔가 기분이 새로웠다.

"그런데 천마 전쟁이라면……?"

"천계와 마계의 그 개자식들이 이곳, 중간계에서 전쟁을 한 거지. 빌어먹게도 말이야. 그 개자식들의 싸움에서 오는 피해는 우리가 고스란히 받았던 거고."

"그 싸움의 피해를 최소화할 수 있었던 게……."

"맞아. 발시언 경 덕분이었지. 물론 그만이 아니라 다른 뛰어난 이들도 많았고."

"그랬군요."

이건 알지 못하던 역사였다. 누구도 말해주지 않았으니. 무혁은 왜 이 정보가 퍼지지 않았던 것인지 의아했다.

"도서관에도 없던 것 같은데요."

"좋지 않은 기억이니까. 흔적을 최소로 한 거지."

"으음."

그래도 무언가 이상했다.

'뭔가가 있나?'

일단은 머릿속에 담아둬야 할 부분인 것 같았다.

'아니, 그보다⋯⋯!'

문득 떠오르는 한 가지 의문.

50년 전에서 활약을 했다면 도대체 스승님 나이가 얼마란 소리지? 상상도 되지 않았다. 생각보다 더 늙으셨구나.

"그래서 궁금했던 거다. 발시언 경의 제자라는 너의 실력이."

잡념을 끊어내는 황녀의 목소리.

"아⋯⋯."

급히 정신을 차리고 그녀를 쳐다봤다.

"난 아주 만족스러웠고 그에 걸맞은 보상을 내릴 것이다."

"기대하겠습니다."

"당연히 기대해야 할 것이다. 지금 보고 있는 곳이니까."

"예?"

고개를 돌리자 하나의 창고가 보였다.

"아⋯⋯."

무혁 본인도 모르게 터뜨린 소리는 아쉬워서가 아니라 감탄한 탓이었다. 창고 자체가 황금으로 만들어져 보는 것만으로도 눈이 부실 정도였으니까. 황녀가 그곳으로 다가가자 그림자 하나가 아래에서 솟아났다.

"문을 열어라."

"예, 황녀님."

황녀 개인의 창고인 듯 쉽게 문이 열렸다.

"충분히 살펴보고 딱 하나만 갖고 가도록."

"알겠습니다."

"난 기다리는 건 취향이 아니라 먼저 가겠다. 보고는 이후에 듣도록 하지."

말을 끝낸 황녀가 몸을 돌리더니 떠났다.

'진짜 가는 건가?'

하긴, 어차피 그림자들이 지킬 테니까.

"후우."

무혁도 몸을 돌려 창고에 들어섰다. 눈에 보이는 아이템은 장검 한 자루와 해골 모양의 방패, 그리고 사자 무늬가 중앙에 박힌 전신 갑옷이 전부였다. 겨우 세 개였지만 실망하지 않았다.

'오히려 시간도 아끼고 좋지.'

이곳은 엄연히 황녀의 보물창고. 지키는 이들의 실력 역시 결코 범상치 않은 수준. 그런 곳에 있는 아이템이 평범할 리가 없었다. 겨우 세 개라고는 하지만 숫자가 적은 만큼 오히려 퀄리티는 뛰어나리라.

무혁은 전신 갑옷부터 확인하기 위해 갑옷에 손을 올린 후 옵션을 확인했다.

"허어……."

한동안 어떠한 말도, 그리고 행동도 하지 못한 무혁은 꽤 시간이 지나고서야 겨우 고개를 털어내며 중얼거렸다.

"와, 미쳤네."

방어력과 마법 방어력이 각 100이 넘어갔다. 이 정도 옵션은 처음으로 보는 것이었다. 게다가 추가로 붙은 옵션까지 생각한다면 현존하는 최고의 방어구라고 감히 단언할 수 있었다. 어쩌면 앞으로 1년 정도까지는 이보다 뛰어난 방어구가 나타나지 않을지도 모르겠다는 생각이 문득 들었다.

'그래도 바꾸긴 좀 그렇지.'

그럼에도 불구하고 선택할 순 없었다. 현재 착용하고 있는 그로이언의 갑옷이 세트 아이템이었기 때문이다. 세트 옵션인 윈드 스텝과 잠력격발을 포기하는 건 아직은 어려웠다. 게다가 그로이언의 갑옷 자체의 성능 역시 현재로서는 아쉬울 게 없는 최상위 수준이었다. 무엇보다도 그로이언의 세트 아이템을 1개씩 얻게 될 때마다 진화를 거치게 되는데 그때마다 놀랄 정도로 옵션이 성장해 버린다.

'충분히 대체할 수 있어.'

그런 자신감이 있었기에 갑옷은 일단 내려놓았다.

'결국 방패 아니면 검인데.'

무혁은 먼저 검부터 확인하고자, 새하얀 검신을 자랑하는 얇고 긴 장검을 쥐었다.

[셀바스찬의 검]

[블루 드래곤, 셀바스찬이 유희를 즐길 때 사용했던 검으로 스스로의 뼈를 잘라내어 만들었다는 전설이 전해진다.]

물리 공격력 +370

마법 공격력 +330

추가 공격력 +25

물리 방어력 +35

마법 방어력 +30

모든 스탯 +15

절삭력 증가.

내구도 : 700/700

사용 제한 : 모든 스탯 120 이상.

사용 제한을 충족시키는 이가 과연 얼마나 될지는 모르겠지만, 충족만 시킨다면 누구라도 갖고 싶은 마음이 들 정도로 뛰어난 검이었다. 아니, 설혹 사용 제한에서 걸리더라도 이 정도 옵션이라면 지식과 지혜에 충분히 투자할 용의가 생길 것 같았다.

'나는 충족되는데……'

사실 욕심이 나지 않을 수가 없었다. 이 검을 8강까지 만든다면? 보다 더 괴물 같은 대미지로 적진을 누빌 수 있을 것이다. 변형이야 없어도, 좋은 활을 구해서 쓰면 되니까.

'그렇게 되면……!'

상상의 나래가 펼쳐졌다. 떠오르는 각종 장면이 자꾸만 입가를 꿈틀거리게 만들었지만 아직 한 개의 아이템이 남았다는 사실을 자각하며 스스로를 다독였다.

'그래, 확인은 해야지.'

마음은 이미 검에 꽂혔지만, 방패의 옵션이 궁금한 것도 사실이었다. 방패를 들어 올린 후 옵션을 확인했다.

[해골왕의 방패]

[해골왕이 다수의 부하를 보다 능률적으로 이끌기 위해 사용했던 방패다. 이 방패가 해골왕의 손에 있는 한 그는 결코 쓰러지지 않았다는 전설이 전해진다.]

물리 방어력 +110

마법 방어력 +130

추가 방어력 +30

충격 흡수 +75%

체력 +25

캐릭터의 능력치 5%만큼 소환수의 능력치 상승.

내구도 : 900/900

사용 제한 : 힘100, 체력180.

무혁의 시선이 허공에 머무른다. 한참 동안, 아주 길게.

검으로 가득했던 상상들이 백지처럼 지워지고 방패를 지녔을 때의 그림들이 그려진다. 옵션 전부가 좋았지만, 그중에서도 하나. 마지막에 붙은 특수 옵션이 가슴을 강타했다. 심장은 요동쳤고 이내 전신이 흥분으로 얼룩졌다.

'전부 적용되는 거라면……?'

이건 일단 확인을 할 필요가 있었다.

"으음."

높이를 가늠한 무혁은 충분하다고 판단을 내리며 포이즌 오우거를 불러냈다.

이름 : 포이즌 오우거
레벨 : 192
HP : 43,360 / MP : 11,810
힘 : 266 / 민첩 : 201 / 체력 : 407
지식 : 86 / 지혜 : 90

그 상태에서 해골왕의 방패를 착용해 봤다.

HP : 44,560 / MP : 12,210
힘 : 277 / 민첩 : 209 / 체력 : 419
지식 : 95 / 지혜 : 98

그러자 스탯에 변화가 생겼다.

'됐어……!'

방패에 붙은 특수 옵션이 적용되어 5퍼센트의 스탯이 추가로 붙은 것이다.

'아니, 아직 몰라.'

혹시라도 한 마리에게만 적용이 될 수도 있었으니까.

무혁은 즉시 몸집이 아머나이트와 아머아처, 그리고 아머메이지를 불러내서 옵션을 확인했다. 다시 한번 전후의 능력치를 비교해 본 결과, 각각의 소환수 전원에게 특수 옵션이 적용된다는 사실을 분명하게 확인할 수 있었다.

"하……."

잠시 후. 무혁은 방패를 왼손에 착용한 채 창고를 나섰다.

그림자가 나타나고.

"잠시 기다려 주십시오."

"아, 네."

그림자가 내부로 들어간 후 다시 나왔다.

"방패를 택했다고 전하겠습니다."

"네."

무혁은 대답한 후 성내를 빠져나와 경매장으로 향했다.

"아, 오셨군요!"

마침 직원이 다가와 무혁을 데려갔다.

"기다리고 있었어요. 맡기신 물건 대부분은 낙찰이 되었습니다. 검은 장검은 마지막에 나올 거니까 여기서 천천히 구경하시면 되고요. 필요한 일이 있으시면 불러주세요!"

"네, 고마워요."

직원이 나가고 무혁은 홀로 반투명한 유리 너머에서 경매를 지켜봤다.

"21번 참가자, 500골드! 22번 참가자, 550골드! 더 없습니까?

없으면 세 번 호가 후에 마무리 짓겠습니다. 550골드, 550골드,
550골드! 축하드립니다. 22번 참가자에게 낙찰되었습니다!"

사실 눈에 잘 들어오지 않았다.

'느낌이 싸한데.'

무혁의 검을 싼값에 얻기 위해 담합을 했다는 최상위 길드
에 대한 이야기를 오늘 아침에도 일루전 홈페이지에서 발견한
탓이었다. 설마 싶었지만, 가능성이 아예 없는 건 아니었다. 막
아낼 방법을 고민했지만 끝내 답을 찾아내지 못했다.

바람잡이를 돈으로 매수할까도 싶었으나 신청자가 한 명도
없었다. 액수를 올려도 마찬가지였다. 그들도 최상위 길드의
표적이 되기는 싫었을 테니까. 당연히 지인에게 부탁할 수도
없는 일이었다.

'일단은 지켜보자.'

금액이 정말 마음에 들지 않을 경우에는 낙찰 금액의 50퍼
센트를 수수료로 지불하면 된다. 그렇게 하면 공개 경매에 맡
긴 장검을 다시 가지고 올 수 있기 때문이다.

물론 이건 귀족에게만 주어지는 자그마한 혜택이었다.

"오래 기다리셨습니다!"

들려오는 말에 무혁은 잡념을 지웠다.

'나오는 건가?'

한 자루의 검이 등장했다. 검은 장검이었다.

"드디어 기다리고 기다리던 물건이 나왔습니다! 오늘 공개
경매의 마지막 물건으로 검은 장검이라는 이름을 지닌 한 자

루의 검입니다! 시작 금액을 말하기에 앞서 옵션부터 확인하도록 하겠습니다!"

공개 경매 중앙 상단에 떠오른 거대한 홀로그램.

[검은 장검+8]
물리 공격력 290+520
추가 공격력 +20
모든 스탯 +5
공격 속도 +5%
이동속도 +5%
반응속도 +2%
절삭력 증가.
내구도 : 450/450
사용 제한 : 민첩110, 체력100.

처음으로 옵션을 확인하는 많은 이들이 자리에서 벌떡 일어났다.

"안 보이잖아!"

"아, 왜 일어나는 거야. 짜증 나게."

"거, 좀 앉읍시다."

다시금 자리에 앉는 이들.

"와, 미쳤구만."

"옵션이 무슨……!"

일부는 손에 들린 푯말을 강하게 부여잡았다. 그 정도로 놀란 탓이었다.

모두가 떠오른 홀로그램에 심취했을 때, 상당수 인원이 고개를 돌려 눈을 맞췄다. 그리고 고개를 끄덕이며 입꼬리를 말아 올렸다.

"시작 가격은 1천 골드입니다! 지금부터 경매를 진행하겠습니다!"

검은 장검을 차지하기 위한 싸움이 시작되었다. 하멜 길드에 속한 차도남. 그는 숫구치는 검은 장검의 낙찰 금액을 보며 웃었다.

'좋아, 분위기 좋고.'

시작 가격은 1천 골드. 5분이 지난 지금, 이제야 겨우 3천 골드에 발을 디딘 상태였다.

"3,100골드!"

그때 갑자기 100골드나 뛰어버렸다.

차도남은 채팅을 확인했고.

[하우스 : 가서 처리해.]

[차도남 : 예.]

빠르게 대답한 후 3,100골드를 부른 유저에게로 향했다. 그리고 조심스럽게 그의 뒤에서 입을 열었다.

"실례합니다."

"음? 누구……?"

"하멜 길드원입니다."

"하, 하멜……!"

"한 번만 더 낙찰에 참여하면 최상위 길드로만 꾸려진 연맹에서 당신에 대한 척살령을 내릴 겁니다."

"그런……?"

"각오가 충분하다면 한 번 더 참가하시길."

그 말을 남긴 채 본래 자리로 돌아가면서.

"3,110골드."

10골드를 높인 액수를 불렀다.

"3,200골드!"

차도남이 고개를 돌렸는데 그곳 주변에 이미 연맹에 속한 자가 있었다. 그는 3,200골드를 부른 유저에게로 다가갔고 차도남은 웃으며 다시 푯말을 들었다.

"3,210골드."

계획이 순조롭게 진행되고 있었다.

⬤

경매사의 미간이 찌푸려졌다. 분위기가 심상치 않았지만, 최대한 호응을 끌어내기 위해 흥분한 연기를 이어갔다.

"아직 기회를 엿보고 계신 분들이 아주 많은 것 같습니다! 그럼요. 이 정도 가치의 장검이라면 당연히 숨을 죽여야지요.

진정한 맹수는 그 순간 튀어나오는 것일 테니까요!"

그에 일부가 고개를 끄덕거렸다.

말이 통하고 있다고 여긴 경매사가 조금 더 자극을 해보려는 순간 콧말이 올라왔다.

"아, 말하는 순간 3,110골드가 나왔습니다. 7번 참가자, 3,110골드. 더 없습니까? 기회를 엿보고 있다면 지금 참가해야 할 시기입니다! 51번 참가자, 3,200골드! 참가자가 없다면 세 번 호가 후에 마무리를 짓겠습니다. 아, 그 순간 또 7번 참가자군요."

경매사의 표정이 좋지 않았다.

'미치겠군.'

그러나 흥분을 가장해야만 했다.

"3,210골드를 부릅니다! 치열한 경쟁이 시작되는 걸까요? 지금 바로 뛰어드십시오. 이 검의 주인이 바로 당신이 될 수도 있습니다! 3,210골드! 3,210골드! 참가자가 더 없다면 세 번 호가 후에 경매를 마치겠습니다. 3,210골드! 3,210……."

그 순간이었다. 지지부진한 경매에 찬물을 엎어버리는 강력한 금액이 공간을 때렸다.

"7천 골드."

경매사마저 순간 정신을 놓았다.

'어……?'

뒤늦게 고개를 흔들며 외쳤다.

"아, 7천, 7천 골드가 나왔습니다아아아아아!"

7천 골드를 부른 의문의 남성. 그의 뒤로 차도남이 다가갔다.

"실례합니다. 저는 하멜 길드원입니다."

"하멜?"

"한 번만 더 낙찰에 참여하면 최상위 길드로만 꾸려진 우리 연맹에서 당신에 대한 척살령을 내릴 겁니다."

그에 의문의 남성이 실소를 터뜨렸다.

"척살령? 이 나에게 척살령을 내리겠다고 한 건가?"

"그렇⋯⋯."

"감히, 헤밀 제국의 공작인 나에게 말이지?"

"에⋯⋯?"

듣지 말아야 할 단어가 들린 기분이었다. 차도남은 고개를 갸웃거렸다.

"누구시라고⋯⋯?"

의문의 남성, 그를 호위하던 기사가 대신 답했다.

"헤밀 제국의 아뮤르 공작님이시다."

"어, 어어⋯⋯."

"아무리 이방인이라지만 예의가 없군."

기사가 미간을 찌푸리는 순간 차도남은 기묘한 압박감이 어깨를 짓누른다고 생각했다. 레벨을 떠나서 그가 지닌 기세가 그 정도로 거대했다. 아니, 솔직히 이 정도 존재감이라면 실력도 매우 뛰어날 것이 분명했다.

'특수 NPC인가⋯⋯?'

정말 무서운 실력을 지닌 특수 NPC가 생각보다 많다는 사실은 이미 퍼진 상태다. 그 대부분이 제국에 위치하고 있다는 점을 감안한다면 결코 제국 귀족에게는 시비를 걸어선 안 되는 부분이었다.

'왕국도 아니고, 제국이라니.'

차도남이 어색하게 웃었다.

"죄, 죄송합니다."

"한 번은 용서하겠다. 당장 꺼지도록."

"예, 예……."

대답하며 물러난 차도남.

그가 급히 손을 움직였다.

[차도남 : 지금 7천 골드 부른 녀석이 아뮤르 공작이랍니다.]

[하우스 : 뭐? 아뮤르 공작?]

[차도남 : 네.]

[하우스 : 하, 무혁 그 새끼가 헤밀 제국 귀족이라 걱정을 하긴 했는데 설마 진짜로 이딴 일이 벌어질 줄은…….]

[차도남 : 어떻게 할까요?]

[하우스 : 뭘 어째. 연맹은 끝났다.]

[차도남 : 경매 가격 올릴까요?]

[하우스 : 멍청하긴. 일단 기다려.]

[차도남 : 알겠습니다.]

그 순간 7천 골드가 한 번 호가되었다.

"두 번 남았습니다. 7천 골드! 7천……."

차도남은 순간 이대로 경매가 끝나는 건 아닐까 걱정했다.

'어쩌지? 들어야 하나?'

고민하고 있는 그 순간.

"7,100골드!"

"네! 39번 참가자, 7,100골드를 외쳤습니다!"

연맹에 속했던 타 길드의 장이 먼저 동맹을 깨뜨렸다.

[하우스 : 좋아. 저놈이 먼저 깨뜨렸으니 이제 비난은 녀석에게 향할 거다. 마음껏 불러.]

[차도남 : 예, 길드장님!]

차도남이 웃으며 푯말을 들었다.

"7,500골드!"

"아, 7번 참가자, 이번에는 시원하게 부릅니다! 7,500골드 나왔습니다! 29번 참가자, 7,600골드! 71번 참가자, 7,700골드! 79번 참가자 7,800골드! 값이 무서운 속도로 오르고 있습니다. 지금부터는 빠른 진행을 위해 푯말을 들어주시면 되겠습니다. 푯말 한 번을 들 때마다 200골드씩 상승하는 것으로 하겠습니다!"

분위기가 순식간에 달아올랐다.

"네 3번 참가자, 5번 참가자, 6번 참가자, 45번 참가자! 46번 참가자! 순식간에 8,800골드까지 올라왔습니다! 2번 참가자 8,500골드! 6번 참가자 8,700골드! 네, 호가당 300골드로 올리겠습니다! 9,000, 9,300, 9,600, 9,900, 아, 드디어 1만 골드가 나왔습니다!"

제4장
공개 경매

연맹을 맺은 길드 대부분이 상황을 파악하기에 급급했다.

"어떻게 된 거야!"

"저도 잘 모르겠습니다. 아까 누가 7,000골드를 부르긴 했는데, 그게 컨트롤이 되지 않은 모양입니다."

"하, 장난하나. 이 새끼들이. 연맹 맺자고 하더니 배신 때리려고 했던 거 아냐?"

"그럴 가능성이 높습니다."

"새끼들, 더럽게 노는데? 지금 얼마나 있어?"

"그게……."

"다 털어서 무조건 구입해. 알겠어?"

"예, 길드장님!"

잘못된 소문이 돌기 시작했고.

"뭐? 배신?"

"예!"

"시발, 이것들이······!"

그것은 자존심을 건드렸다.

그냥 이기고 싶은 마음으로 가득 차 이후의 손해는 생각도 나지 않는 심리 상태가 되었다.

"1만 900골드 나왔습니다! 네, 이제 호가당 400골드씩 올라갑니다!"

상황이 기묘한 방향으로 흘러가는 와중, 무혁은 7,000골드를 외친 의문의 남성을 쳐다보고 있었다.

'누구지?'

거리도 멀었고 뒷모습만 보이는지라 상대를 파악할 수가 없었다. 분명 의도적으로 값을 올리지 않고 있는 분위기였다. 최상위 길드가 담합했음을 확신하고 있는 상황에서 갑자기 누군가가 끼어들어 판을 흔들어 버렸다.

'민우는 아닌 것 같은데.'

결국 참지 못한 무혁이 유리방을 나섰다. 그리고 공개 경매장의 무수한 유저들 틈을 파고들었다.

이윽고 도착한 곳. 의문의 남성의 옆에 섰다.

"저기······."

"음?"

얼굴을 확인한 무혁의 눈이 커졌다.

"아뮤르 공작님?"

"오, 자네군."

"이게 대체 어떻게······."

"내가 연회에서 말했지 않나? 조금 있다가 보자고."

"그게 여기였습니까?"

"맞아. 공개 경매에 좋은 물건을 내놓았다고 했었지?"

"맞습니다."

"자네의 실력이 궁금해서 이렇게 참가하게 되었네. 솔직히 크게 놀랐다네. 설마 이 정도 실력을 지니고 있을 줄은 몰랐으니까. 아무튼, 경매 마치고 맞은편 식당에서 만나기로 하지. 개인적으로 부탁할 것도 있고."

"알겠습니다."

무혁은 대답하며 돌아섰다.

'상황이, 참……'

무혁은 자기도 모르게 실소를 터뜨렸다. 절로 상상되었기 때문이다. 담합을 계획했던 자들의 당황으로 얼룩진 표정이 말이다.

1만 4천 골드에서 분위기가 반전되었다. 흥분이 가라앉고 현실이 보이기 시작한 것이다.

"1만 4천이라……. 하, 난 여기까지다."

누군가는 포기했고.

"어쩌지? 애매한데?"

누군가는 고민했으며.

"아직 괜찮아."

누군가는 여력이 남았다는 표정을 지으며 기대했다. 그들은 서로의 눈치를 보며 값을 조금씩 올렸다.

"1만 5천 골드 나왔습니다!"

가격은 천천히, 느긋하게 올랐고, 그에 대부분이 이제 마무리 단계에 접어들었다고 판단했다.

조금만 더 참으면 저 검이 나의 것이 될 것이라고 각자의 기준으로 정해놓은 한계선을 머릿속으로 되짚으며 다시금 주변을 조심스럽게 훑었다.

스윽.

그 순간 아뮤르 공작이 푯말을 들었다.

"1만 8천 골드."

주변이 정적에 잠겼다.

한 사람, 경매사를 제외하고서.

"1번 참가자! 1만 8천 골드를 불렀습니다! 더 이상 없다면 세 번 호가 후에 경매를 마무리 짓도록 하겠습니다! 1만 8천 골드! 1만 8천 골드! 1만 8천……"

"1만 9천!"

"2만 골드!"

"2만 1천!"

마치 무언가에 끌리듯. 한계치를 풀어버리는 일부 경매 참가자들이었다.

결국 낙찰가는 3만 6천 골드로 정해졌다.

"좋군, 정말로."

검신을 쓰다듬은 아뮤르 공작. 그가 흡족하게 웃었다.

"돈이 아깝지 않아."

"마음에 드신다니 다행입니다."

식당 4층, 방이 분리된 곳에서 서로를 마주 보며 앉은 아뮤르 공작과 무혁이었다.

'3만 6천이라니.'

무혁은 예상을 웃도는 금액에 그저 즐거울 뿐이었다. 아뮤르 공작 역시 한동안 검을 감상하느라 바빴고.

둘 모두 뒤늦게 정신을 차렸다.

"괜찮습니다."

"개인적으로 부탁할 게 있어서 말이야."

"말씀하십시오."

"현재 다른 대륙에서 이방인이 넘어오고 있는데 그 이유를 아는가?"

"음, 그건……."

"포르마 대륙에 숨겨진 힘을 얻기 위해서라네."

아뮤르 공작의 말에 순간 무혁은 머리를 망치로 세게 얻어맞은 기분이 들었다.

메인 에피소드2는 분명 '각 대륙에 숨겨진 힘'이다. 그 말은 포르마 대륙에도 숨겨진 힘이 있다는 소리와 다름이 없었다.

왜 생각하지 못했을까. 스스로가 바보가 된 기분이었다.

"나는 그 힘을 다른 대륙의 이방인에게 넘기고 싶지 않단 말이지."

"그러셨군요."

"해서 자네에게 부탁을 하고 싶네. 내가 알고 있는 정보는 제한적이지만 그 정보를 토대로 숨겨진 힘을 찾아주게. 그 힘이 어떤 종류인지는 알 수 없으나 찾아내어 내게 전해준다면 그에 합당한 보상을 주겠네."

무혁은 곰곰이 생각했다.

카이온 대륙의 숨겨진 힘은 발견하는 순간 흡수되어 버린다. 전해줄 수 없는 종류의 것이었다.

'포르마 대륙은?'

이곳 역시 비슷할 거라는 생각이 들었다.

카이온 대륙의 숨겨진 힘을 얻은 유저는 랭킹 1위의 다크다. 그 사실이 밝혀진 시기는 무혁이 자살을 시도하기 겨우 몇 주 전. 그 이후의 정보는 모른다고 보면 되는 것이다.

즉, 포르마 대륙과 그라칸 대륙에도 숨겨진 힘은 있겠지만 가장 먼저 밝혀지는 곳이 카이온 대륙이라는 소리였다.

이건 명백한 사실이었기에 무혁이 가장 먼저 손을 써야 할 곳도 카이온 대륙이었다. 그곳에서 힘을 먼저 얻고 나머지 대륙에서 숨겨진 힘을 찾는 게 상식적으로 생각할 때 합당한 순서였다.

'서둘러야 할 이유가 또 늘었어.'

무혁의 답을 기다리던 아뮤르 공작이 다시 물어왔다.

"어떤가? 내 부탁을 들어주겠나?"

무혁은 고개를 저었다.

"죄송합니다. 먼저 해야 할 일이 있어서 지금은 어려울 것 같습니다. 하지만 나중에라도 가능하다면……. 꼭 제가 그 부탁을 들어드리고 싶습니다."

"으음, 그런가."

"예."

아뮤르 공작은 잠시 침묵했다.

5분 정도의 시간이 흐르고.

"어쩔 수 없지. 자네의 실력을 보지 않았다면 기다리지 않았을 것이야. 하지만 자네의 실력을 두 눈으로 확인한 이상, 가장 믿음직한 존재도 자네일 수밖에 없군. 알겠네. 오랜 시간은 아니지만, 얼마간은 기다리고 있겠네. 일이 끝나면 날 찾아오게나."

"알겠습니다."

무혁은 그제야 떠오른 메시지를 확인했다.

[퀘스트 '아뮤르 공작의 기다림'을 수락합니다.]

카이온 대륙과 포르마 대륙. 그곳에 숨겨진 힘을 전부 얻기 위해선 더 이상 이곳에서 시간을 허비할 수 없었다. 지금이 바로 카이온 대륙으로 넘어가야 할 때였다.

무혁은 검은 장검을 팔아 벌게 된 골드 일부를 현금으로 바꾸고 잡화점에 들러 몇 가지 물건을 구입했다. 이후 마법 수정구로 라카크와 연락하여 몇 가지를 당부한 후 도착한 성민우, 예린, 김지연과 함께 붉은 산맥으로 향했다.

"그러니까 백호세가에서 받은 연계 퀘스트에 집중하자 이거지?"

"응, 메인 에피소드가 숨겨진 힘이니까 아무래도 미개척 쪽에 뭔가가 있지 않을까 싶어서. 마침 퀘스트도 받았으니 제대로 해보자는 거지."

"좋지. 어차피 깨려고 했던 거니까."

성민우의 동의를 얻은 무혁이 고개를 돌렸다.

"예린이랑 지연 님은요?"

"난 당연히 오빠 의견에 찬성!"

"저, 저두 좋아요."

"오케이!"

힘차게 달려 붉은 산맥 초입에 도착했을 즈음.

"오빠! 누가 비상벨 눌렀어. 아무래도 저녁 먹으라는 거 같아."

"아, 7시가 넘었지?"

"응."

"그럼 전부 저녁 먹고 8시까지 보자."

약속을 잡고 무혁도 로그아웃을 했다.

캡슐에서 나오자마자 방문이 열렸다.

"엥, 나왔네?"

"어."

"밥 먹으래."

강지연의 말에 고개를 끄덕이며 거실로 나갔다. 가족들이 기다리고 있었다.

"와서 밥 먹자."

"네, 아버지."

무혁이 일루전을 처음 시작했을 때에는, 부모님 표정이 항상 어두웠지만, 지금은 일말의 걱정도 없어 보였다.

최근 무혁이 벌어들이는 돈이 얼마나 큰 액수인지, 그리고 일루전에서 차지하는 무혁의 위치가 어느 수준인지 가족들 모두가 이해하고 있었기 때문이다.

"오늘은 뭐 했냐?"

강지연의 물음에 무혁이 입을 열었다.

"뭐, 그냥. 헤밀 제국에서 연회를 하더라고. 거기에도 참가하고……."

"연회? 귀족들이 참여하는 그거?"

"응."

"네가 거길 갔다고?"

"어, 황녀가 초대를 해줘서."

"헐, 대박. 황녀까지! 아빠, 엄마. 황녀가 초대했대, 황녀가."

"크흠, 듣고 있다."

"와, 진짜 신기하다. 황녀는 어때? 예쁘냐?"

"뭐, 성격이 이상해."

"아니, 예쁘냐고."

"예쁘긴 하지."

"허어, 너 그러다 예린이한테 혼난다."

"으음?"

그 말에 어머니가 무혁을 쳐다봤다.

"아들."

"네?"

"여자 친구는 언제 소개해 줄 거니?"

"어어, 그게……."

"크흠, 그래. 나도 얼굴 한번 보고 싶구나."

무혁은 고민하다 대답했다.

"시간 내서 데려올게요."

"그래, 그렇게 하거라."

"네."

옆에서 듣고 있던 강지연이 씨익 하고 웃었다.

"흐흐, 미안. 아무튼 그래서. 연회하고 뭐?"

"연회에서 실력을 보여달라는 퀘스트가 떠서 대련도 하고 끝나고 보상도 받고. 공개 경매에서 검도 몇 자루 팔았고."

"아, 맞다. 얼마에 팔렸는데?"

무혁이 웃으며 휴대폰을 내밀었다. 액정 화면에 뜬 글귀.

[Web 발신]

농협 입금 304,000,000원

일루전(주)

잔액 325,177,625원

더 이상 놀라지 않는 부모님이었다. 다만 이렇게 큰돈이 들어올 때마다 한마디를 하고는 했다.

"많은 돈을 번다고 너무 막 쓰지는 말거라."

"네."

"돈에 휘둘리지 말고."

"그럴게요."

"그래, 그거면 됐다."

다시 강지연이 끼어들면서 화제가 옮겨졌다.

"오오! 카이온 대륙으로 간다, 이거지?"

"어."

무혁은 대답해 주며 저녁을 먹었다. 잠시 후 저녁을 먹고 시간을 확인하니 7시 35분이었다.

'홈페이지나 잠깐 봐야겠네.'

접속해서 할 일이 없었기에 시간이나 때울 겸 거실 소파에 앉아 휴대폰을 만지작거렸다. 페이지에 접속해서 자유게시판에 들어가니 경매에 관한 이야기가 조금 보였다.

[제목 : 경매 낙찰 가격 36,000골드ㅋㅋ]

[내용 : 저도 참가했는데 초반에 분위기가 완전 핵망이었음. 아, 이거 소문만 무성하던 담합이 실제로 이뤄졌구나 싶었음. 시간이 꽤 지났는데

도 겨우 2천 골드, 더 지나도 3천 골드 정도에서 지지부진이었음. 와, 이거 그냥 내가 4천 질러서 먹어버릴까 싶다가도 그랬다가는 담합 맺은 길드한테 눈도장 찍혀서 척살당할 거 같아서 관둠. 그러다가 발견함. 누가 100골드 단위로 부를 때마다 그 유저 근처로 참가자가 다가가는 거임. 뒤에서 뭐라고 하는 거 같은데, 아무튼 한 번 이상 참가한 유저가 없었음. 그 순간 나타난 압도적 괴물! 무려 수천 골드를 점프시켜 버린…….]

금액이 커서 이슈가 될 수밖에 없었다. 댓글 역시 많았고.

대충 훑어본 무혁은 시간을 확인하고는 몸을 일으켰다. 그리고 방으로 들어와 일루전에 접속했다.

[새로운 세상에 오신 것을 환영합니다.]

"오빠, 왔어?"

"왔냐?"

무혁은 웃으며 고개를 끄덕인 후 다시금 군마를 타고 나아갔다. 붉은 산맥의 초입을 지나 중턱에 도달했을 즈음부터는 군마에서 내려 다른 유저들과 동행했다.

"반가워요."

"네, 우선 소환 계열부터 나서서……."

먼저 소환수로 몬스터를 쓸어버리고 이후 소환 유저는 휴식. 나머지 유저들이 사냥을 하면서 나아간다. 그러다 소환 시간이 돌아오면 다시 소환 계열 유저가 나서서 전투를 하는 방식으로 붉은 산맥을 돌파했다.

"진짜 빠르네."

"금방 가겠는데?"

휴식을 최소화한 덕분에 순식간에 정상에 도착했다.

"무혁 님, 고마워요!"

"엄청 편했어요."

무혁이 부드럽게 웃었다.

"저도 편했어요."

간단하게 인사를 나누고 워프 게이트를 통해 카이온 대륙으로 넘어갔다.

환한 빛과 함께 몸이 붕 뜨는 기분. 시야가 어두워지고 뒤이어 새로운 세상이 눈에 들어왔다.

무혁은 느긋하게 걸음을 옮기면서 군마를 소환했고 동료들과 함께 탑승한 채 한적한 곳으로 이동했다.

"자, 여기서 잠깐만 쉬자."

"응!"

군마에서 내린 후 자리를 잡고 앉았다. 이후 지도를 꺼내어 펼쳤다.

"백호세가에서 들었다시피 여기 X로 표시된 곳이 미개척 지역이야. 아마 이 중에 분명히 숨겨진 힘이 하나는 있을 거라고 생각하거든."

"100퍼지, 뭐."

"일단 제일 가까운 곳부터 차례대로 가보자고."

계획을 세운 후 다시 이동했다. 군마가 속도를 높였고. 자정이 지나고서야 첫 번째 목적지를 코앞에 둘 수 있었다.

"후, 30분만 더 가면 되는데 그러면 마을이 없으니까 오늘은 여기서 쉬고 내일 다시 접속해서 가자."

"오케이."

"내일 보자, 그럼."

"잘 자, 오빠!"

"아, 안녕히 주무세요."

다음 날. 게임에 접속한 네 사람은 마을을 벗어나 초원을 달렸다. 15분 정도를 나아가니 유저가 거의 보이지 않게 되었다. 거기서 5분을 더 달리자 드디어 무혁과 일행만 남았다.

"조용하네."

"이제 미개척 지대니까."

하지만 아직 몬스터는 보이지 않았다. 고요한 적막감 속에 간간이 불어오는 바람 소리만이 고막을 울려댔다.

"어, 저기."

그때 검은 안개로 뒤덮인 산맥이 나타났다.

"뭔가 으스스한데."

"으음, 위치는 맞는 거 같아."

무혁은 다시 지도를 펼쳤다. 동쪽 끝, × 표시된 곳 아래에 글귀가 적혀 있었다.

[어둠은 내 몸을 통과했다.]

[어둠은 갑자기 나타나 생명을 갉아먹는다.]

[어둠은…… 꽃에 약하다.]

[어둠은 사라졌으나 일정 시간이 지나 다시 나타났다.]

[빛은 모든 것이 완벽하게 파괴된 후에야 웃어준다.]

다른 건 괜찮았는데 딱 하나. 세 번째 글귀는 글자 하나가 무언가에 쓸린 듯 지워진 상태였다.

"으음, 이거 오면서 계속 생각해 봤는데."

"어."

"지워진 글자가 영혼이라고 생각했거든? 그러니까 뭐 영혼과 관련된 꽃이 있지 않을까? 영혼을 달래주는 꽃이라던가. 뭐, 그런 거?"

성민우의 말에 무혁은 생각에 잠겼다.

'영혼, 꽃…….'

하지만 떠오르는 건 없었다.

"일단 경매장에 올라온 꽃 종류부터 몇 개씩 사자."

모두들 경매장을 훑기 시작했다. 무혁도 마찬가지.

[검색 : 꽃]

그러자 꽃이라는 글자가 들어간 물품들이 나열되었다.

'생각보다 많네.'

그것들 중에서 가능성이 보이는 것들을 구입했다. 하늘의 꽃, 천상의 꽃, 종말의 꽃. 총 3가지.

성민우와 예린, 김지연도 몇 가지 꽃을 구입한 모양인지 각자 손에 들었다. 모두들 구입한 꽃을 확인한 후 같은 것으로 구입했다. 그렇게 대략 20여 종의 꽃을 양손에 쥐고서 서로를 쳐다봤다.

"저기, 근데, 오빠."

"응?"

"이거 어떻게 쓰는 거야?"

미처 생각하지 못했던 부분이었다.

"들고 있으면 되는 거 아닐까?"

"아니면 던지든가."

"음, 종류별로 하나는 들고 나머지는 던져 보면 되겠네."

의견을 모은 후 다들 검은 안개로 뒤덮인 숲으로 향했다. 숲이 가까워질수록 으스스한 기분이 들었지만, 어차피 게임이라고 생각하며 솟구치는 공포를 지워내려 애썼다. 물론 그게 마음처럼 쉽지는 않았지만.

"어우, 난 이런 게 제일 싫더라……."

"무서운 거?"

"어, 차라리 몬스터 잡는 게 쉬워. 으으……!"

"나도."

투덜거리는 사이 검은 안개의 지역에 돌입했는지 시야가 갑자기 협소해졌다. 마치 이 순간을 기다렸다는 것처럼 바람 한 줄기가 불어오더니 무혁과 일행을 휩쓸었다.

[고스트의 날갯짓에 공격당했습니다.]
[HP가 10퍼센트 하락합니다.]

순간 네 사람 전부 동작을 멈췄다.

"10퍼센트……?"

무혁의 미간이 찌푸려졌다. 바람 한 번에 1,500에 해당하는 HP가 사라진 탓이었다. 회복률을 감안하더라도 지금 이 공격을 연이어 11번만 당하면 HP가 0이 되어 사망하게 되는 것이다.

무혁은 급히 주변을 훑었고 저 멀리 형상을 이루고 있는 검은 안개를 향해 손에 들린 꽃을 종류별로 하나씩 던졌다. 하지만 아무런 반응이 없었다.

휘릭.

그러다 어디선가 불어오는 바람을 느꼈을 때, 어둠의 형상이 순식간에 접근해 왔고.

"흡……!"

피할 겨를도 없이 어둠이 몸을 뚫고 지나갔다.

[고스트의 어둠이 신체를 장악합니다.]
[HP가 10퍼센트 하락합니다.]
[모든 능력치가 1퍼센트 하락합니다.]

이번에는 능력치까지 줄어들었다. 줄어든 능력치를 확인하고 있는데 또다시 바람이 불어오고, 순식간에 30퍼센트만큼의 HP가 사라졌다. 참으로 허무할 정도로.

"이거 위험한데?"

"일단 되돌아가자."

왔던 길을 돌아 검은 안개 지역에서 벗어나자, 협소했던 시야가 본래대로 돌아오면서 고스트의 공격이 사라졌다. 안전은 보장되었지만, 과연 저곳을 어떻게 뚫어야 할까.

난관에 봉착한 네 사람이 머리를 모았다.

"하, 돌겠네. 그냥 들어가자니 순식간에 죽을 거 같고."

"꽃도 안 통하는 거 같던데……."

그러나 해답을 찾지 못한 채 공복도만 높아졌다.

"후, 일단 뭐라도 먹자."

결국 무혁은 고민을 멈추고, 요리 도구를 꺼내어 음식을 만들기 시작했다.

'불부터 피우고…….'

그 순간 한 가지 단어가 스치듯 지나갔다.

동작을 멈춘 무혁을 지켜보던 예린이 고개를 갸웃거렸다.

"오빠, 괜찮아?"

"아, 응."

"왜 그래? 무슨 일이라도 있어?"

"음, 지도에 적힌 꽃이라는 단어 말이야."

"응."

"우리가 생각하는 그게 아닐지도 몰라."

"무슨 소리야?"

"문득 생각이 난 건데……."

무혁이 말을 흐리자 성민우가 미간을 찌푸렸다.

"아이고, 뜸 들이지 말고."

"불꽃, 같은 건 아니려나?"

"어……?"

순간 성민우, 예린, 김지연. 세 사람 모두 벙찐 표정을 지었다.

먼저 정신을 차린 성민우가 중얼거렸다.

"그거, 말 되는데?"

뒤이어 예린과 김지연도 고개를 끄덕이며 수긍했다.

"불꽃 맞는 거 같아."

"맞아, 숲이잖아."

예린의 눈이 초롱초롱해졌다.

"불태우라는 뜻이 아닐까, 오빠?"

"대박. 빼박이다, 이건."

몸을 일으킨 무혁이 화염 속성 메이지에게 명령을 내렸다.

성민우의 정령 파이어 역시 거대한 화염 덩어리를 내뿜었다. 그것들이 검은 안개로 뒤덮인 숲을 강타한 순간 불꽃이 피어올랐다. 처음은 미미한 수준이었다. 하지만 이내 염라대왕이 주먹을 내리꽂듯이 강력한 폭발이 발생했고.

화아악.

집어삼키듯 숲을 갉아먹었다.

불꽃이 피어오르는 공간. 그곳을 차지하던 검은 안개가 두려움에 질린 듯 꿈틀거리며 물러났다.

[고스트에게 대미지를 입힙니다.]

화염은 몸집을 키웠고 숲의 모든 곳을 점령하기 시작했다. 더 이상 피할 곳이 없어진 검은 안개가 경련하는 것처럼 떨기 시작했다. 불꽃과 치열한 싸움이라도 벌이는 걸까. 몇 번 밀고 밀리기를 반복했으나 이미 기세가 절정에 달한 불꽃을 이겨낼 순 없었다.

[고스트에게 대미지를 입힙니다.]
[고스트에게…….]

검은 안개는 결국 힘을 잃은 듯 몸집이 축소되었고 이윽고 점이 되어 완전하게 사라졌고 직후 떠오르는 메시지로 확신할 수 있었다.

[경험치가 상승합니다.]
[경험치가…….]

고스트가 전부 사라졌음을.

"없어졌어!"

"일단 표시된 위치로 가보자."

숲에 접근했지만, 시야가 축소되지 않았다. 덕분에 어떠한 방해도 없이 지도에 표시된 × 지점에 도착할 수 있었다. 다만 아직 꺼지지 않은 불꽃으로 인해 주변이 난장판이 된 상태라 무언가를 찾는 건 쉽지 않았다.

"아무것도 없는데?"

"음, 지도상으로는 이 근처가 맞아."

무혁은 히드라를 바라봤다. 히드라가 소환한 다수의 스컬 스네이크들이 사방으로 퍼졌다. 무혁은 시야 확보 스킬을 통해 스컬 스네이크가 바라보는 것들을 최대한 세밀하게 훑어보면서 범위를 넓혀갔다.

"오빠, 어때?"

"아직은······."

그러나 보이는 건 없었다.

'뭐지?'

고민하던 무혁은 사그라지는 불꽃을 바라보며 미간을 좁혔다.

'아, 마지막 글귀.'

"지도에 있는 글귀 마지막에 보면 말이야."

"응."

"모든 것이 완벽하게 파괴된 후라고 나오잖아."

"어, 그렇지."

"일단 따라서 해보자고."

"파괴하자고?"

"어."

동의를 구한 후 위치로 예상되는 지역에 각종 마법을 때려 박았다.

콰과과광!

버섯 모양의 연기가 피어오르고. 여파에 후폭풍이 불어온다. 강한 바람이 주변을 모두 휩쓸고 난 뒤, 고요한 적막감을 깨뜨리는 균열음 한 줄기가 귓가를 자극했다.

두득, 꽈드득.

이윽고 지진이라도 난 것처럼 땅이 흔들리더니 그 힘을 견디지 못한 지면이 갈라지기 시작했다.

무혁은 급히 뒤로 물러나면서 소환수를 불렀다. 일행 역시 그런 무혁을 따라 지면이 갈라지는 곳과 거리를 벌렸다.

"뭔가 사건이 좀 커진 거 같다."

"어떻게든 되겠지."

현실이었다면 난리가 났겠지만, 이곳은 게임. 뭐든지 가능한 가상의 세계였기에 크게 걱정스러운 표정들은 아니었다.

"아무튼 반응은 하니까 뭔가 있지 않을까?"

"그랬으면 좋겠다."

그사이 흔들림이 멎었고.

"가보자."

무혁을 필두로 갈라진 곳으로 다가갔다.

"허어."

매끈하게 갈라진 절벽과도 같은 지면. 끝이 보이지 않는 어둠. 그 옆으로 나 있는 견고한 계단이 시야를 사로잡았다.

"대박……!"

"와, 여기에 계단이 있네?"

"시, 신기하네요."

무혁은 스켈레톤을 마계로 보낸 후 걸음을 옮겼다.

조심스럽게 계단을 이용해 어둠 속으로 몸을 밀어 넣자, 순식간에 사라지는 시야에 미리 준비한 등불을 꺼내 급히 어둠을 밀어냈다. 덕분에 계단의 위치는 파악할 수 있었다.

"조심하고. 천천히 내려가자고."

목소리를 낮춘 상태로 대화도 간간이 이어갔다. 어둠이 주는 긴장감은 생각보다 커서 대화를 나누면서 그것을 최소로 만들기 위함이었다.

"거의 다 온 거 같으니까."

"응, 오빠."

"후, 이게 현실이었으면 난 아마 못 내려갔을 거야."

"당연하잖아. 게임이니까 가능한 거지."

"마, 맞아요."

하지만 계단은 아직도 끝나지 않았다. 5분, 10분 계속 내려가도 여전히 계단이었다.

"생각보다 긴데……."

"거의 다 왔을 거야."

그렇게 다독이며 5분을 더 내려갔을 즈음. 불빛이 바닥을

비추었다. 드디어 바닥에 도착한 것이다.

"다 왔어……!"

"오오!"

급히 계단에서 내려와 주변을 훑었다. 어둠에 가려져 아무 것도 보이지 않았기에 네 사람은 꼭 붙은 상태로 원을 그리며 범위를 넓혀 나갔다. 벽면을 반 바퀴를 돌았을 즈음 철문을 발견할 수 있었다.

"찾았다."

이곳에 숨겨진 힘이 있으리라.

[타락한 알베타르 신전에 오신 것을 환영합니다.]
[강제 퀘스트 '알베타르 신전 정화' 발동!]

열린 철문으로 들어가자마자 퀘스트를 확인했다.

[알베타르 신전 정화]

[이곳은 과거에 존재했던 자애적인 신전들 중에 하나다. 신관과 성기사 일부가 천마 전쟁에서 타락하면서 내부전쟁이 발발하였고 결국 모두가 죽음으로서 사라진 곳이다. 하지만 타락한 영혼이 이곳을 지배하고 있는 상태. 그들을 물리쳐 신전을 정화하라.]

[성공할 경우 : 성과에 따른 차등 지급.]

[실패할 경우 : 재입장 불가능.]

무혁이 고개를 돌렸다.

예린도 기쁜 표정으로 무혁을 쳐다봤다.

"오빠, 이거……!"

"응, 맞는 거 같아."

"우와!"

성민우와 김지연도 기뻐했다.

"빨리 깨뜨려 버리자고."

"오케이!"

의욕이 충만한 상태로 걸음을 옮기자 동시에 사방에서 밝은 빛이 터졌다. 더 이상 등불은 필요가 없었다.

타락한 알베타르 신전에서 처음 등장한 녀석들은 타락한 견습 신관과 타락한 견습 성기사였다. 치료가 가능한 신관, 안정적인 탱킹 능력과 딜링 능력을 지닌 성기사. 둘의 조합은 생각보다 까다로웠다.

숫자가 적었다면 쉽게 이겼겠지만 나타나는 견습 신관과 견습 성기사는 항상 무리를 지어서 다녔다. 최소 서른 명씩 조를 이뤄 움직이는 타락한 영혼들.

"저기 한 무리 또 있다."

"나부터."

단순하지만 가장 위협적인 패턴이 이어진다.

"약화, 근력 증가, 체력 증가, 전장의 광기"

디버프와 버프 기술을 가장 우선적으로.

[주변 적대 몬스터의 능력(10퍼센트)이 하락합니다.]
[주변 아군의 힘(10)이 상승합니다.]
[주변 아군의 체력(10)이 상승합니다.]
[주변 아군과 소환수의 모든 능력치(5퍼센트)를 상승시킵니다.]
[주변 적대 몬스터의 움직임(10퍼센트)이 하락합니다.]

이로써 아군은 강해지고 적군은 약해졌다.

죽음의 탑을 깨뜨리며 얻은 보상인 전장의 광기. 황녀에게서 얻은 해골왕의 방패. 두 가지 덕분에 스켈레톤은 무혁의 능력치 40퍼센트를 보정 받게 되었다.

단순한 전력 상승, 그 이상의 의미를 지니게 된 것이다.

'자, 이제……!'

어둠의 힘을 마지막으로 사용한 후 스켈레톤을 쳐다봤다.

메이지, 마법 공격. 아처, 파워샷.

원거리 소환수의 공격에 이어지는 기마병의 돌진.

가속 찌르기!

난전이 된 순간 아머나이트와 검뼈의 포위망 구축. 내부로 뛰어드는 포이즌 오우거와 설인, 붉은 오크 대전사, 그리고 자이언트 외눈박이, 여기에 합쳐진 빅 스켈레톤까지.

"이번엔 내가 간다!"

다음은 성민우와 정령들이 뛰어들었고 마지막으로 예린의 다람쥐가 작은 몸으로 재빠르게 움직이며 주의를 분산시켰다. 김지연은 뒤에서 치유에 집중했다.

무혁은 그제야 검을 들었다.

변형. 풍폭, 풍폭…….

검이 활로 바뀌고.

파천궁술 제 1초식, 일점사.

일곱 대의 화살이 벼락처럼 쏘아져 뒤쪽에 위치한 타락한 견습 신관 한 마리를 타격했다.

[1,698의 대미지를 입힙니다.]×5
[추가로 3,056의 대미지를 입힙니다.]×5

다섯 번째 화살이 타격된 부위를 완전하게 뚫어버리면서 나머지 두 대의 화살은 아무런 대미지도 줄 수 없었다. 물론 그것만으로도 2만 3천에 해당하는 대미지를 입혔으나, 타락한 견습 신관은 죽지 않았다.

풍폭, 파천궁술 제 2초식, 무음사.

무혁도 한 번에 죽을 거라는 생각은 애초에 하지 않았기에 자연스럽게 두 번째, 그리고 세 번째 공격을 이어갔다.

풍폭, 제 3초식, 파천사.

화살 한 대에 모인 파괴적인 기운. 정말 하늘마저 가를 듯한 힘. 강대한 그것이 허공을 꿰뚫으며 쏘아지고.

콰아아앙!

노리던 놈의 가슴에 적중했다.

[크리티컬이 터집니다.]

[10,333의 대미지를 입힙니다.]

[18,599의 추가 대미지를 입힙니다.]

높은 확률로 터지는 크리티컬 대미지 역시 만족스러웠다.

[경험치가 상승합니다.]

"신관 한 마리 처리했다!"

크게 외치며 다시 시위에 화살을 걸었다.

풍폭, 강력한 활쏘기. 풍폭, 멀티샷.

활 계열 스킬을 전부 사용한 후 활을 검으로 변형시켰다.

윈드 스텝.

직후 적진으로 파고들었다. 당연히 위치는 후미.

견습 신관부터 처리를 할 심산이었다. 반원을 그리며 나아가던 무혁은 옆에서 느껴지는 날카로운 바람에 급히 몸을 틀었다.

백호보법.

본능적으로 스킬을 사용했고 신체는 최적의 경로를 찾아 움직였다. 급작스러웠던 견습 성기사의 공격을 피한 무혁이 몸을 틀었다.

풍폭, 백호검법 제1초식, 백호결.

백호결이 만들어낸 일곱 개의 검날이 더해져 총 여덟 개의 날이 놈의 전신을 압박했다.

[1,978의 대미지를 입힙니다.]×8
[3,560의 추가 대미지를 입힙니다.]

충격을 받은 듯 비틀거리며 물러나는 타락한 견습 성기사를 쫓아가며 다시 검을 휘둘렀다.

풍폭, 백호검법 제2초식 백호파.

인지할 수 있는 세계가 바뀌며 신체가 빛으로 바뀌었다.

휘둘러진 검날 한 번에 비틀어지는 견습 성기사. 순식간에 측면으로 돌아가며 검을 그어 올리고 지척으로 다가가며 검면으로 차올렸다. 그리고 허공으로 떠오른 녀석을 따라잡기 위해 점프한 후 검을 내리쩍었다.

무혁은 바닥에 착지한 후 사방으로 검을 휘둘렀다.

카가가각!

어느새 접근한 타락한 견습 성기사를 뒤로 물리기 위함이었다.

충분한 공간이 확보되고서야 고개를 들어 떨어지는 녀석의 등을 노렸다. 검날의 끝이 제대로 놈의 등을 관통했고 덕분에 크리티컬이 터졌다.

[경험치가 상승합니다.]

근처에 있던 아머나이트를 불러 무혁 본인을 보호하도록 만든 후 사체 분해 스킬을 실시했다. 빠르게 뼈를 얻어낸 후 다시금 뒤쪽에 위치한 신관을 처리하기 위해 움직이자, 다가가는 길을 가로막는 또 다른 타락한 견습 성기사들.

무혁은 별수 없이 방향을 꺾었다. 조금씩 움직이며 수시로 틈을 확인하고, 각도가 만들어지는 순간 무혁의 검에 거대한 기운이 모여들었다. 그대로 횡으로 그어버리자 기운이 반월 모양을 유지하며 뻗어 나갔다.

쿠과과과과광!

강한 충격에 신관 일곱 마리가 뒤로 밀려났다.

[크리티컬이 터집니다.]
[8,514의 대미지를 입힙니다.]×7
[15,325의 추가 대미지를 입힙니다.]×7
[강한 절삭력이 과다출혈을 일으켰습니다.]×7
[몬스터의 HP가 초당 100씩 줄어듭니다.]×7

대미지도 상당했고 과다출혈까지 걸어버린 상태.

무혁은 신관이 밀려나면서 생겨난 공간으로 아머기마병을 보냈다. 덕분에 일곱 마리의 신관은 아머기마병의 공격을 피하기 위해 이리저리 몸을 움직이게 되었다. 당연히 치유 마법을 사용할 수 없게 되었고 그 틈을 타서 성기사들의 HP를 보다 빠른 속도로 줄여 나갔다.

"최대한 피해를 주자고!"

"오케이!"

신관의 수가 크게 줄면서 성기사 역시 맥을 추지 못했다.

"한 마리 처리!"

"나도!"

"난 두 마리!"

"난 네 마리다!"

"미친……!"

은근한 경쟁 속에서 차분하게 타락한 견습 신관과 성기사를 처리해 나갔다. 꽤 긴 전투를 끝내고 모두들 한자리에 모였다.

"후, 생각보다 힘들어."

"근데 경험치는 장난 아니니까."

"인정."

"게다가 퀘스트도 기대되고."

무혁은 고개를 끄덕였다.

'달성 퀘스트는 나도 처음이니까.'

무혁은 사체를 분해하며 일행과 이런저런 대화를 나눴다.

"참, 근데 이제 몇 마리야?"

"흐흐. 직접 확인해 봐."

"그럴까."

무혁은 퀘스트를 눌러 몬스터 처리 현황을 확인했다.

[알베타르 신전 몬스터 처리 현황]

타락한 견습 신관 : 115마리

타락한 견습 성기사 : 245마리

타락한 정예 신관 : 0마리

타락한 정예 성기사 : 0마리

타락한 대신관 : 0마리

타락한 성전사 : 0마리

벌써 총합 350마리를 처리한 상태였다.

"흠, 350마리라……."

"꽤 잡았지?"

"어, 생각보다 빠른데?"

"그래도 아직 턱없이 부족하다고."

보상이 차등으로 지급이 된다는 걸 생각할 때마다 절로 의욕이 타올랐다. 그건 무혁만이 아니라 성민우와 예린, 김지연역시 마찬가지인 모양이었다.

"자, 다시 가자고."

"오케이!"

"다들 힘내자구!"

"파, 파이팅……."

앞으로 나아가며 무혁은 손을 뻗었다.

리바이브.

[주변을 떠도는 몬스터의 영혼(37마리)을 발견했습니다.]

무혁은 부활시키지 않았다. 지금까지의 경험으로 미루어 보아 몬스터의 영혼은 대략 7일이 지나야 사라진다. 그 전까지는 죽었던 장소를 맴돌기에 갑자기 영혼이 사라질 걱정을 하지 않아도 되는 것이다.

견습 신관과 성기사도 솔직히 조금 까다로운데 정예 몬스터와 대신관, 그리고 성전사는 얼마나 강할지 상상이 되지 않았다. 그렇기에 최대한 전력을 쌓아두는 게 중요하다고 생각했다. 아직 견습 신관과 성기사가 리젠되지도 않은 상태였기에 더더욱 리바이브를 사용할 이유가 없었다.

무혁은 군마를 소환한 후 탑승하며 말했다.

"몬스터 보일 때까지는 속도 높이자고."

"좋지."

대략 1분을 달렸을 즈음, 다수의 타락한 견습 신관과 성기사를 발견할 수 있었다.

잠에서 깬 무혁은 비몽사몽한 표정으로 일루전 홈페이지에 들어갔다.

'숨겨진 힘, 다크…….'

약 20분 정도 살펴봤지만, 아직 숨겨진 힘을 얻었다는 유저는 보이지 않았다. 무혁은 안도하며 화장실로 향해 샤워를 했다.

쏴아아아.

물줄기에 몸을 맡기니 정신이 들었다.

"하아."

최근 알베타르 신전에서 사냥에 집중한다고 심신이 지친 상태였다. 오늘이 5일 차. 정확히 9시간이 지나면 입구에 있는 타락한 견습 신관과 성기사의 영혼이 사라진다.

문제는 아직까지도 정예를 만나지 못했다는 사실이었다.

'꽤 시간이 걸릴 것 같은데.'

그전에 누군가가 숨겨진 힘을 찾으면 낭패가 아닌가. 그 탓에 매일 아침, 점심, 저녁, 그리고 잠들기 직전 총 4번이나 홈페이지를 확인하는 버릇이 생겼다.

'괜찮아, 아직.'

숨겨진 힘을 가장 먼저 찾는 유저는 다크. 그의 행적에만 집중하면 된다. 시일이 언제인지 제대로 기억나지 않는다는 게 문제지만 아직 발견하기엔 이른 시점인 것은 확실하다. 그러나 이미 많은 것이 바뀐 만큼 단정 지을 순 없었다.

'서둘러야지.'

오늘도 조금 바쁘게 움직이리라 계획을 세웠다.

"밥 먹어야지."

"네."

아침을 서둘러 먹은 후 일루전에 접속했다.

"오빠, 왔어?"

"벌써 접속했네?"

"응, 일찍 눈이 떠져서."

"두 사람은?"

"아직 안 왔어."

예린의 대답에 무혁이 웃었다.

오랜만에 둘이서 짧지만 기분 좋은 수다를 떨었다.

"그럼 이번 퀘스트만 깨고 어디 놀러나 가자."

"좋아!"

그 사이 성민우와 김지연이 접속했고 곧바로 사냥에 나섰다. 다시금 만난 타락한 견습 신관과 성기사 무리. 놈들을 처리하며 나아가고 또 나아갔다.

대략 3시간 정도가 흘러 오전 11시가 되었을 즈음.

"어? 저기, 저기 봐."

"뭔데?"

그냥 숫자가 많은 무리가 나타났나 싶었으나 아니었다. 생김새가 분명하게 달랐다. 덩치도 커졌고, 무엇보다도 느껴지는 기세가 심상치 않았다.

"저놈들, 정예 같은데?"

"대박, 드디어……!"

무혁의 눈동자에 희열이 깃들었다.

'여기구나.'

네 사람은 급히 직전의 사냥터로 이동한 후 최상의 컨디션으로 몸을 만들었다. 각자의 소환수를 불러내고 무혁은 추가로 리바이브까지 사용해 견습 신관과 성기사를 되살렸다.

무혁의 스켈레톤 198마리. 성민우의 정령 12마리. 예린의 강화 다람쥐 42마리. 여기에 리바이브로 되살아난 33마리의 견습 신관과 성기사. 이 정도라면 정예 몬스터도 문제가 없으리라.

"정예라고 별거 있겠어?"

"맞아, 빨리 처리하자고."

자신감 넘치는 표정으로 걸음을 옮기는 네 사람.

이윽고 보이는 정예 몬스터.

"시작한다."

"오케이."

가장 먼저 버프와 디버프. 뒤이어진 메이지와 아처, 그리고 정령의 원거리 공격으로 본격적인 전투가 시작되었다.

포이즌 오우거의 피어와 지면 깨뜨리기, 설인의 아이스 홀드와 아이스 스페이스, 붉은 오크 대전사의 넉백, 부르탄과 자이언트 외눈박이의 기파, 어둠의 정령이 지닌 공포 자극 스킬까지 모두 사용했다. 그 사이에 무혁은 파천신궁 스킬과 백호검법을 모두 사용해 정예 신관과 정예 성기사 일부에게 대미지를 입혔다.

"미친……!"

하지만 놈들은 쉽사리 죽지 않았다.

"완전 급이 다르잖아!"

견습과 정예는 하늘과 땅 차이였다. 신관의 힐링은 말할 것도 없었고 성기사의 탱킹, 그리고 딜링은 압도적이었다.

단지 그것뿐이었다면 무혁의 표정이 이토록 일그러지진 않았으리라.

'저 스킬은 너무하잖아……!'

욕을 삼키게 만드는 수준의 스킬. 정예 신관의 타락한 신성 구체였다.

퍼어엉!

신성구체가 빅 스켈레톤을 가격했다.

[타락한 신성력이 빅 스켈레톤을 타격합니다.]
[상극의 기운에 노출되어 2배의 대미지를 입습니다.]
[1,719의 대미지를 입습니다.]
[1,719의 대미지를 입습니다.]
[1,719의 대미지를…….]
['빅 스켈레톤'이 역소환됩니다.]

14,000이 넘어가는 체력을 지닌 빅 스켈레톤. 녀석이 겨우 구체 아홉 방에 사라져 버렸다. 그것도 방패로 방어를 했음에도 불구하고 말이다. 이건 빅 스켈레톤만이 아니라 다른 스켈레톤 역시 마찬가지였다. 일반 검뼈와 기마병은 순식간에 녹아버렸고 리바이브로 되살린 견습 신관과 성기사 역시 오래 버티지 못했다.

"흐아아아압!"

물론 그사이 두 마리의 성기사를 처리하긴 했지만 받은 피해가 비할 바 없이 컸다.

윈드 스텝, 풍폭.

최대한 움직이며 신관을 노렸다.

'한 마리만⋯⋯!'

어렵게 한 녀석을 죽였지만 그사이 십여 마리의 스켈레톤이 역소환당했다.

[타락한 신성력이 설인을 타격합니다.]

[상극의 기운에 노출되어 2배의 대미지을 입습니다.]

[1,681의 대미지을 입습니다.]

[1,681의 대미지을 입습니다.]

[1,681의 대미지를⋯⋯.]

이번에는 설인이 위험에 빠졌다. 부르탄의 기파가 설인을 살렸지만 이미 HP가 바닥에 달한 상태였다.

죽은 자의 축복!

HP를 채웠지만 어디선가 날아온 다른 구체가 다시 설인을 죽음으로 몰아갔다. 두 개의 구체를 더 맞게 되면 설인은 사라지게 된다.

'젠장⋯⋯!'

별수 없이 무혁이 직접 방패로 구체를 막아 설인을 보호했다. 상태를 확인한 무혁은 옆으로 이동해 설인에게 풍폭을 씌운 후 적진으로 투입시켰다. 그러자 성기사가 다가와 무차별 공격을 퍼부었다.

콰아앙!

풍폭이 가장 먼저 터지고.

[1,119의 대미지을 입힙니다.]
[추가로 2,014의 대미지을 입힙니다.]

정예 성기사가 움찔한 틈을 타서 아이스 홀드와 아이스 스페이스를 사용했다.

짧은 시간 얼어버린 성기사에게 꽂힌 뼈 화살들. 그러나 뒤에서 신관이 치유를 해주면서 무용지물로 돌아갔다. 무혁은 급히 방향을 틀어 뒤쪽 신관으로 향했고 첫 번째 녀석의 목을 노리며 검을 그었다.

풍폭, 백호검법 제2초식 백호파.

정예 신관에게 꽂히는 무차별 폭격.

칵, 카가가각!

하지만 옆에 있던 다른 신관이 무혁에게 공격을 당하는 신관을 치유해 버렸다.

'젠장······!'

성기사가 너무 견고해서 도움을 받을 소환수가 주변에 한 마리도 없었기에 백호파가 끝나자마자 윈드 스텝을 사용해 뒤로 물러났다.

'별수 없어.'

아직 쿨타임이 돌아오지 않은 파천신궁을 사용했다.

제1초식 일점사.

화살 일곱 대가 벼락처럼 쏘아졌다.

[MP(450)가 소모됩니다.]

풍폭, 제3초식 파천사.

이번에는 강력한 기운이 뿌려졌다.

[MP(2,500)가 소모됩니다.]

그 대가는 엄청난 양의 MP였다.

[견습 성기사가 사라집니다.]
[견습 신관이 사라집니다.]
['아머나이트3'이 역소환됩니다.]
['자이언트 외눈박이'가…….]

그러나 이번에도 역시 피해가 더 컸다.

지진, 격살!

마지막으로 쿨타임이 긴 두 개의 스킬을 사용했지만, 전세를 뒤집을 정도는 아니었다.

"오빠."

근처에 있던 에린이 급히 다가왔다.

"쟤들 너무 센 거 같아."

무혁도 동의했다. 마침 성민우도 전투에서 빠졌다.

"후아, 미쳤는데?"

"어쩌지, 오빠?"

결정을 내려야 할 시간이었다.

'더는 무리야.'

무혁은 천천히 뒤로 물러났다.

"일단 빠지자."

소환수를 희생하여 무혁과 일행 모두 전투 지역에서 벗어났다. 몬스터가 나타나지 않는 지역에서 휴식을 취했다.

"어떡할 거야?"

"입구로 돌아가야지."

"입구로? 거긴 왜?"

"입구에서 직전까지 리바이브 한 번도 사용 안 했잖아?"

"아……!"

"최대한 많이 되살려서 와야지."

150마리 정도만 살려내도 정예 신관과 성기사를 쓸어버릴 수 있으리라.

"가자."

군마에 탑승한 채 전속력으로 질주했다. 아직 견습 신관과 성기사가 리젠되지 않은 시점이라 순식간에 입구에 도착할 수 있었다. 무혁은 곧바로 리바이브 스킬을 사용했다.

[주변을 떠도는 몬스터의 영혼(27마리)을 발견했습니다.]

고민할 것도 없이 27마리 전부를 되살렸다. 20퍼센트가 넘어가는 MP가 한 번에 사라졌지만, 회복률이 워낙에 높아서 빠른 속도로 차오르고 있었다.

"바로 가자."

"오케이!"

방향을 틀어 정예가 있는 곳으로 나아가며, 리바이브 스킬을 계속 사용했다.

[주변을 떠도는 몬스터의 영혼(35마리)을 발견했습니다.]

그리고 영혼이 있다는 메시지가 나올 때마다 전부 살려냈다. 성기사 전원 사제를 들고 뛰도록 명령을 내렸더니, 타락한 견습 성기사가 사제를 물건처럼 들어 올린 후 전력으로 질주했는데 그 속도가 제법 빨랐다.

타락한 견습 성기사와 신관을 계속 살려내다 보니 어느새 130마리가 넘어갔고 덩달아 MP도 서서히 바닥을 보이기 시작했다. 물론 지금은 스켈레톤을 소환하지 않은 상태라 차오르는 속도가 매우 빨랐다.

그리고 또다시 리바이브를 사용해 23마리를 살려냈다.

"도대체 몇 마리야?"

"대충 150?"

"미친. 더럽게 많은데?"

"이 정도는 되어야지."

"하긴, 그 전에 몬스터들이 너무 세기는 했어."

대화를 나누면서도 달리는 걸 멈추지 않았다. 입구에서 되살린 녀석의 경우 이제 25분이 지나면 사라지게 된다. 시간의 흐름을 최소로 만들기 위해선 계속해서 움직여야만 했다.

"아직 도착하려면 꽤 남았지?"

"한참 남았지."

"한 10분 걸리려나."

"아마도?"

입구까지 달렸을 때 걸린 시간은 7분 정도였다. 다만 그때는 군마가 전력으로 질주했었기 때문이고 지금은 견습 성기사가 견습 사제를 안고 달리는 상태라 그때보다 속도가 느릴 수밖에 없었다.

"괜찮아, 그 정도는."

30분이 모두 사라지기 전에만 도착하면 된다.

'그 정도는 가능해.'

그러나 혹시나 하는 마음에 조금 더 속도를 높이고 고개를 돌려 견습 성기사가 잘 따라오는지 수시로 확인했다.

"더 소환은 안 하고?"

"어, 이 정도면 충분하겠지."

"150마리면 뭐."

한 번의 전투에 모든 전력을 사용할 순 없는 법이니까. 게다가 혹시 모를 상황이 또 올지도 모른다.

'나머지는……'

그 순간을 위한 여력이었다.

19분 후, 정예 신관과 정예 성기사가 위치한 곳에 도착했다. 최초로 되살린 견습 신관과 성기사가 사라지기까지 아직 11분이라는 충분한 시간이 남은 상태였다. 게다가 오는 길에 MP도 대부분 차버려서 적당히 숨만 고른 후 전투를 시작하면 될 것 같았다.

"충분히 쉬었지?"

"이 정도면 뭐."

"나두 괜찮아."

"저, 저두요."

고개를 끄덕인 무혁이 스켈레톤을 불러냈다.

"스켈레톤 소환."

가장 먼저 메이지와 아처에게 공격을 명령했다. 각종 마법과 뼈 화살들이 허공을 채우는 순간 무혁은 각종 디버프와 버프 기술을 사용했다.

[주변 적대 몬스터의 능력(10퍼센트)이 하락합니다.]
[주변 아군과 소환수의 모든 능력치(5퍼센트)를 상승시킵니다.]
[주변 아군의 힘(10)이……]

아머기마병, 돌격!

그 순간 마법이 정예 몬스터를 타격했다.

콰과과과광!

거대한 폭음을 꿰뚫고 나아가는 아머기마병들.

가속 찌르기!

그 뒤를 아머나이트와 검뼈, 각종 특수 스켈레톤과 되살린 견습 성기사 무리가 따랐다.

견습 신관은 뒤쪽에 자리를 잡고.

치유!

성기사가 다칠 때마다 치유 마법을 사용했다.

"아쉬운데?"

"그러게."

"조금 기대했는데, 쩝."

견습 신관은 오직 성기사만을 치유했다.

'스켈레톤까지 치유를 했더라면?'

솔직히 무혁 본인이 생각해도 밸런스 붕괴의 수준이었기에 빠르게 수긍할 수 있었다.

"정예 신관부터 처리하자고."

"오케이."

성민우는 좌측으로 무혁은 우측으로 나아갔다.

윈드 스텝.

빈틈을 찾기 위해 거리를 충분히 두고서 이리저리 움직였다. 그러다 발견한 작은 기회를 성공적으로 만들기 위해 견습 성기사 다수를 끌어들였다.

앞으로, 정지, 공격!

타락한 정예 성기사와 정예 신관 사이에 끼어든 견습 성기사.

치유!

스켈레톤이었다면 벌써 몇 마리는 죽었을 것이지만 치유 마법을 받고 있는 성기사는 쉽게 목숨을 내어주지 않았다.

아머나이트, 돌격!

거기에 정예 신관끼리도 찢어놓았다. 그들끼리 치유를 사용하는 것도 까다로웠으니까.

'좋아……!'

옆으로 동떨어진 두 마리의 정예 신관을 노리며 손을 바삐 놀렸다.

파천궁술, 제1초식 일점사.

풍폭과 함께 파천궁술을 사용했다.

팡, 파바바바방!

쉴 새 없이 이어지는 2초식 무음사와 3초식 파천사.

한 번 더 MP를 강제로 소모하여 스킬을 반복했다. 그럼에도 죽지 않는 정예 신관.

'그래, 당연하겠지.'

곧바로 백호검법의 3초식인 백호참을 사용했다. 강한 힘이 깃든 반월 모양의 기운이 뻗어 나가며 두 녀석을 갈라 버렸다.

서걱.

곧바로 윈드 스텝을 사용하여 거리를 좁히고.

풍폭, 파워대시.

방패로 한 녀석을 가격한 후 십자베기를.

'아직도……?'

연이어 백호결을 사용했다.

'미친!'

그럼에도 죽지 않아 백호검법 2초식 백호파를 사용해 쉴 새 없는 연계 공격을 이어갔다.

캉, 카가가가각, 서걱.

마지막 검날이 놈의 머리를 꿰뚫고서야.

[경험치가 상승합니다.]

정예 신관 한 마리를 처리할 수 있었다.

제5장
진화

치열한 접전이 이어지고.

['검뼈11'이 역소환됩니다.]
['타락한 견습 성기사'가 사라집니다.]
['기마병3'이 역소환…….]

많은 소환수가 사라졌을 즈음 쿨타임이 돌아왔다.
"민우야!"
큰 목소리로 성민우를 불렀다. 고개를 끄덕이며 물러서는
그의 모습을 확인하고서야 소환수에게 지시를 내렸다.
부르탄, 기파!
기파에 적용된 정예 성기사의 움직임이 멎었을 때.
후퇴.

몇 마리 소환수를 남기고 전부 뒤로 물렸다.

아머메이지, 마법 공격. 아머아처, 파워샷.

각종 마법과 뼈 화살이 날아들 때.

포이즌 오우거, 피어.

설인, 좌측 아이스 스페이스. 설인, 우측 아이스홀드.

연속으로 자이언트 외눈박이의 발 구르기 기파를 사용해서 시간을 벌었다. 마지막으로 무혁 역시 지진 스킬을 사용해 혹시라도 혼란에서 빠져나왔을 경우를 대비했다.

예상대로 꽤 많은 성기사가 꿈틀거리며 움직였고 그 순간 땅이 흔들리며 균형을 흩뜨렸다.

쾅, 콰과과광!

늦지 않게 날아든 각종 마법과 뼈 화살이 정예 성기사와 신관에게 꽂혔다.

[경험치가 상승합니다.]

[경험치가 상승…….]

생각보다 많은 녀석을 죽일 수 있었다.

"좋았어!"

곧바로 난투전으로 돌입했다.

아머기마병, 돌격!

최대한 신관끼리 떨어뜨려 놓기 위해 애를 썼다. 그 노력이 빛을 발했는지 정예 신관이 사방으로 흩어졌고 무혁은 지휘 권한을 소환수에게 넘긴 채 스스로의 움직임에 집중했다. 최대한 간결하게 그리고 파괴적으로 신관을 한 마리씩 처리해 나갔다.

⊛

무혁의 검이 정예 성기사의 목을 꿰뚫었다.

푸욱.

검을 늘어뜨리는 순간.

[경험치가 상승합니다.]

[레벨이 상승합니다.]

드디어 204레벨을 찍었다.

'1레벨 남았어.'

주먹을 살짝 쥐며 상체를 숙였다.

"후우……."

무혁은 호흡을 길게 뿜으며 손을 움직였다. 그리고 사체 분해로 놈의 뼈를 습득한 후 허리를 폈다.

"좀 쉬자."

털썩.

대답은 들리지 않았다.

무혁도 걸음을 옮겨 예린의 옆에 자리를 잡고 앉았다. 10분이 넘는 전투 동안 아슬아슬 외줄을 타듯, 정신력을 급격하게 소모했다. 휴식을 취하지 않을 수가 없었다.

"흐아, 대박이다. 소환수가 겨우 40마리 남은 거야?"

"어."

성민우의 정령이 2마리. 예린의 다람쥐가 3마리. 무혁의 스켈레톤이 17마리. 리바이브로 살린 타락한 견습 성기사가 13마리. 타락한 견습 신관이 5마리였다.

"이거 리바이브 없었으면 무조건 졌겠네."

"무조건이지."

"앞으로 어쩔 거야? 계속 견습 신관 되살려야 하나?"

성민우의 물음에 무혁이 웃었다.

"아니지."

"그럼?"

"여기서 죽인 정예 성기사랑 신관들 되살리면 되잖아. 견습이랑 능력치 자체가 급이 다르니까 엄청나게 도움이 될 거야. 물론 틈틈이 여유가 되는 상황이 오면 안 살릴 거야. 적어도 영혼 150개는 모아둬야 성전사나 대신관의 대비가 될 테니까."

"아……!"

"좀 쉬었다가 쭉쭉 나가자고."

"오오, 좋구만!"

휴식을 취하는 와중에 예린이 물어왔다.

"참, 오빠. 레벨 오른 거 축하해."

"아아, 고마워."

성민우가 놀란 표정으로 끼어들었다.

"어? 레벨 올랐냐?"

"어, 방금 전에."

"대박. 204네?"

그의 뒤늦은 감탄에 예린이 입술을 삐죽하고 내밀었다.

"민우 오빠는 파티창도 안 봐?"

"그걸 왜 보냐?"

"어휴……."

"그래도 랭킹은 그대로네. 2위."

"그래도 이제 1레벨 차이야."

다크 유저와의 격차를 2레벨에서 1레벨로 줄였다.

"남은 1레벨을 따라잡는 게 문제겠지만."

"하긴."

"뭐, 여기 경험치 장난 아니니까 바짝 쫓아가야지."

1주일 안으로 205레벨을 찍을 자신이 있었다.

'그렇게만 되면……!'

다시 한번 진화를 거친 소환수로 인해 사냥이 한결 더 수월해질 것이다. 덩달아 경험치 역시 훨씬 더 빠른 속도로 올릴 수 있게 되리라. 그러다 보면 머지않아 다크 유저를 넘어서는 것도 충분히 가능한 일이었다.

"그러고 보니까, 너 일루전 늦게 시작했잖아."

"뭐, 그렇지."

"다크는 처음부터 한 거로 아는데? 네가 처음부터 했으면 1위였겠네."

무혁은 대답 대신 어깨를 으쓱거렸다.

'그렇게 따지기엔 좀 미안하지.'

미리 정보를 몰랐더라면 결코 지금의 위치에 올라설 수 없었을 테니 말이다.

잠시 휴식을 취하고 타락한 정예 성기사와 정예 신관을 리바이브로 살린 후 앞으로 나아갔다.

"저기 있다."

5분 정도 이동해서 발견한 무리들.

"스물다섯?"

"음, 그 정도네."

충분히 승산이 있다고 여겼기에 곧바로 전투에 돌입했다.

"호오."

패턴이 같았기에 처음보다 여유롭게 주변을 훑어볼 수 있었는데 되살린 정예 성기사와 신관이 확실히 큰 도움이 되고 있었다. 견습과는 급이 다르다고 보는 게 정확할 것이다.

비록 본래 능력의 60퍼센트에 불과하지만, 근처에 항상 무혁이 있었고 스켈레톤도 있었기에 이기지 못하는 게 이상한 상황이라고 볼 수 있었다. 덕분에 타락한 정예 신관을 노릴 수 있는 기회가 많이 찾아왔다.

'틈이 꽤 있어.'

그 틈을 놓치지 않으려 애썼다.

풍폭, 강력한 활쏘기.

두 마리의 정예 신관을 처리했을 무렵 메이지의 마법 쿨타임이 돌아왔다.

"민우야!"

"오케이!"

거리를 벌리면서 중앙에 뭉쳐진 정예 몬스터에게 기파를 사용했다.

움직이지 못하는 놈들에게 꽂히는 마법들.

콰과과광!

곧바로 난전으로 유도하며 놈들을 갈라놓았다.

다시 쿨타임이 돌아오고.

"다시!"

또 한 번 마법을 뿌렸다.

[경험치가 상승합니다.]

[경험치가…….]

한결 수월하게 타락한 정예 신관과 성기사 무리를 처리할수 있었다.

3일. 타락한 정예 성기사와 정예 신관을 사냥한 시간이었다.

[알베타르 신전 몬스터 처리 현황]

타락한 견습 신관 : 3,734마리

타락한 견습 성기사 : 1,495마리

타락한 정예 신관 : 916마리

타락한 정예 성기사 : 387마리

타락한 대신관 : 0마리

타락한 성전사 : 0마리

그간 죽인 몬스터의 숫자가 상당했다.

"후, 벌써 이렇게 죽였네."

"진짜 많이도 죽였다."

"덕분에 경험치도 엄청나게 많이 올랐고."

"그건 맞아. 204레벨이 코앞이니까. 넌?"

"난 이제 55퍼센트 정도?"

"워, 204찍고 벌써 55퍼센트라고?"

"어."

"대박이네. 그럼 늦어도 4일 안으로 무조건 업 하겠다."

"그러면 좋고."

무혁도 내심 기대는 하고 있었다. 빠르면 3일, 늦어도 4일. 205레벨을 달성할 그 순간을 떠올리며 미소를 지었다.

"자, 다 쉬었지?"

몸을 일으키려는 순간. 예린이 고개를 들어 올리며 무혁을 빤히 쳐다봤다.

"오빠아아……."

"응?"

"조금만 더 쉬자, 응?"

"힘들어?"

"응. 언니두 힘들대."

"아, 그래……?"

"으응."

"그럼 5분만 더 쉬자."

"헤헤, 오빠 최고!"

무혁은 다시 자리에 앉아 검 한 자루를 강화하기 시작했다. 제국에서 더 이상 강화 재료를 제공받지 못하게 되면서부터 고강화는 자제하는 편이었다. 일단 재료비가 워낙에 비싸서 고강화에 실패하게 되면 손해가 막심해지기 때문이었다. 재료를 무제한으로 공급받을 때와는 상황이 달랐기에 빠르게 수긍했고 지금은 익숙해진 상태였다.

'안전하게 5강까지만.'

더도 말고 덜도 말고 딱 5강 정도가 적당했다.

[강화에 성공합니다.]

[강화에 성공…….]

작업을 마친 후 예린을 쳐다봤다.

"강화도 끝났고. 다 쉬었지?"

"응."

"그럼 갈까?"

"좋아!"

시원한 대답에 몸을 일으켰다. 타락한 정예 성기사와 신관을 리바이브로 되살린 후 앞으로 향했다. 그리고 저 멀리 정예 무리를 발견하자마자 마법 공격을 퍼부었다.

쾅, 콰과과과광!

후폭풍이 불어 닥치는 가운데. 100마리가 훌쩍 넘어가는 근접형 소환수가 지축을 울리며 달려 나갔다.

이제는 상당히 익숙해진 탓일까. 생각보다 더 여유롭게 놈들을 사냥할 수 있었다.

어제와 같은 하루가 흘러간다.

"밥 먹고 보자."

"응!"

게임에서 나와 저녁을 먹고 잠깐의 여유 시간을 누리며 일루전 홈페이지를 훑었다.

'다크, 에피소드, 새로운 힘, 득템……'

다행스럽게도 무언가를 얻은 유저는 없는 것 같았다.

'일단은 그렇게 생각하자고.'

무혁은 잡념을 지우고 방으로 들어가 일루전에 접속했다.

[새로운 세상에 오신 것을 환영합니다.]

동료들과 함께 앞으로 나아가며 정예 몬스터를 사냥했다.

[경험치가 상승합니다.]

[경험치가…….]

세 번째 무리를 처리하고 네 번째 무리를 만났을 때, 무혁의 표정이 심각해졌다.

"저 녀석들……."

천천히 손을 들어 올리며 고요함을 유도했다. 성민우와 예린, 김지연이 그 사실을 눈치채고 입을 다문 채 무혁의 시야를 쫓아갔다.

저 멀리 위치한 몬스터가 보였는데 그들은 분명 정예 성기사와 신관이 아니었다.

"대신관이랑 성전사?"

"맞네. 정예랑은 완전 생김새가 달라."

최대한 소리를 낮춰 의견을 교환했다.

"확실히 덩치도 크고."

새로운 구역에 들어선 것이 확실해졌다. 그 사실을 인지하는 순간 네 사람의 분위기가 변했다.

조금은 지루했던 표정에서 긴장감이 넘치는 눈빛으로.

"후아, 드디어 보는구만."

느슨했던 어깨가 올라가며 전신에 힘이 들어간다.

"엄청나게 세겠지, 오빠?"

"아마도?"

추측밖에 할 수 없는 상황이었지만 100퍼센트 확신할 수 있었다.

상당히 강할 거야. 지루했던 상황을 깨뜨릴 녀석들이니까.

"돌아가서 리바이브로 더 살려? 아니면 그냥 싸워?"

"기껏해야 10마리잖아."

"그렇지."

"그냥 싸워도 될 것 같은데?"

"예린이, 네 생각은?"

"나도 괜찮을 것 같아."

"지연 님은요?"

"저, 저두 좋아요."

모두의 동의를 얻고 전투를 준비했다.

"시작한다."

마법과 뼈 화살 세례 이후 버프와 디버프.

쿵, 쿠웅!

그리고 근접형 소환수의 돌격. 그 안에는 되살아난 정예 성기사 역시 포함되어 있었다. 정예 신관에게 치유를 받는 성기사는 좀처럼 죽지 않는 좀비나 다름이 없다. 성전사의 숫자가 겨우 7마리. 대신관이 3마리였기에 충분히 승산이 있다고 여겼다.

가속 찌르기! 강한 일격! 아이스 홀드!

각종 스킬을 난사하여 대미지을 입히고 억지로 틈을 만들어 비집고 들어갔다. 10마리의 녀석들을 뿔뿔이 흩어지게 만들고 한 마리씩 격파를 시도하려는 순간.

후우우우웅!

성전사 한 마리가 대검을 위에서 아래로 내리그었다. 힘을 주어 깊숙이 대검을 꽂아버렸는데 그곳에서부터 뿜어진 바람이 주변을 휘몰아치기 시작했다. 작은 돌풍은 잠깐 정신을 놓은 사이 태풍이 되어 공간을 집어삼켰다.

전원 방패!

모두들 방패로 전면을 가렸지만 바람은 사방에서 불어와 방패만으로는 도저히 막아낼 수가 없는 종류의 공격이었다.

[271의 대미지을 입습니다.]

[1,895의 대미지을 입습니다.]

[1,895의 대미지를⋯⋯.]

사방에서 들이닥치는 바람은 묵직하면서도 날카로웠다. 또한 송곳처럼 예리하면서도 동시에 둔중했다. 상반되는 것들이 불어오는 바람에 전부 실려 있었다.

무혁은 무릎 한쪽을 굽히고 최대한 버티면서 시야 확보를 통해 상황을 파악했다. 아니, 사실 스킬을 사용하지 않아도 단번에 알 수 있었다.

['검뼈1'이 역소환됩니다.]

['아머나이트3'이 역소환됩니다.]
['아머기마병'…….]

쉴 새 없이 메시지가 떠올랐으니까.

'미친……!'

믿었던 정예 성기사도 한 마리씩 사라지기 시작했다. 그러다 바람이 조금 잠잠해졌다 싶을 때 또 다른 성전사가 대검을 바닥에 꽂았다.

쿠우웅.

바람에 바람이 더해지면서 더 강력해졌다.

아머아처, 파워샷!

뼈 화살은 날아오다가 바람에 휩쓸려 궤도를 이탈했다.

'이대로는 안 돼……!'

방패에 의지하여 몸을 일으킨 무혁이 한 마리의 성전사를 쳐다봤다. 대검이 아직 바닥 깊은 곳에 꽂힌 녀석이었다.

풍폭, 파워대시!

신체가 절로 움직이며 불어오는 바람을 꿰뚫어 버렸다. 어떠한 대응도 하지 못하는 성전사에게 제대로 된 한 방을 먹이려는 찰나.

스륵.

뒤쪽에 있던 성전사가 다가와 길을 막아섰다.

쿠우웅!

그 탓에 목표로 했던 녀석은 조금의 충격도 받지 않은 상태였다. 여전히 지면 깊이 대검을 꽂은 채 강한 바람을 뿜어내고 있었다.

"젠장!"

급히 백호보법을 사용해 접근하려고 했지만, 어느새 다른 녀석들이 놈을 보호하듯 둘러싸 버린 상태였다.

무혁은 상황이 난감해졌음에도 그냥 물러날 생각은 없었다. 이렇게 된 이상 놈들의 실력이 어느 정도인지 대충이라도 파악을 해두는 게 좋을 것 같았다.

백호검법 제2초식, 백호파.

세상이 느려지기 시작했다. 그 속에 무혁은 한 줄기의 빛이 되어 성전사에게로 나아갔다. 환상처럼 한 자루의 검날을 휘두르자 놈이 몸을 틀면서 피해 버렸다. 이어진 두 번째 공격과 세 번째 공격은 대검의 넓은 면으로 막아냈다.

카가각!

네 번째 공격은 성공했지만 세 번이나 막혔다는 사실에 꽤 충격을 받았다.

'이걸 피하고 막는다고……?'

스킬이 끝나고 형체를 찾은 직후. 무혁은 급히 고개를 저었다. 애써 마음을 다독이며 뒤로 물러나려는 순간 어느새 접근한 성전사의 대검이 무혁의 가슴을 가격했다.

콰직.

충격과 함께 몸이 뒤로 날아갔다.

"……!"

대미지도 놀라웠지만 그보다 더 충격적인 건 뒤로 날아가는 무혁을 쫓아오는 성전사의 속도였다.

순식간에 코앞에 당도한 녀석이 허공으로 도약하더니 대검을 내리찍었다. 뒤로 물러나던 힘과 위에서 내려오는 힘이 충돌하면서 무혁은 바닥에 처박혔다.

"크읍……!"

지면을 파괴하며 3미터가량 밀려난 상황.

저벅.

또다시 다가오는 성전사.

급히 몸을 일으킨 무혁이 백호보법을 사용해 공격을 피해낸 후 윈드 스텝으로 거리를 벌렸다. 피했다는 생각에 안도감이 밀려오는 찰나, 성전사들이 사방으로 퍼져 나갔다.

파바밧.

설인, 포이즌 오우거와 같은 특수한 녀석들을 제외하고는 제대로 버티는 소환수가 없었다. 파괴력과 날렵한 움직임에 압도되어 대응도 하지 못한 채 역소환 당했다. 뒤쪽에 위치하고 있던 아머아처와 아머메이지까지 도륙당했다.

성기사, 포위해!

포이즌 오우거, 피어! 부르탄, 기파!

최대한 버텨보려고 했지만 상대가 되지 않았다.

['정예 성기사'가 사라집니다.]

['부르탄'이 역소환됩니다.]

['아머메이지3'이 역소환됩니다.]

['아머아처7'이 역⋯⋯.]

제대로 싸워보지도 못한 채 패배했다는 사실을 받아들이
는 건 쉽지 않았다. 그 탓에 멍하니 성전사와 대신관 무리를
바라보고 있는데 성민우가 곁으로 다가오더니 그의 어깨를 툭
하고 건드렸다.

"정신 차리고. 가자."

"아아⋯⋯."

남은 소환수가 모두 죽기 전에 이곳을 벗어나야만 했다.

"오빠, 빨리!"

기다리고 있던 예린이 급한 표정으로 손짓을 했다. 고개를
끄덕이며 그녀에게 다가간 후 군마를 불러냈다. 녀석의 등에
탑승한 후 뒤도 돌아보지 않고 질주했다.

['포이즌 오우거'가 역소환됩니다.]

['정예 성기사'가 사라집니다.]

['정예 신관'이⋯⋯.]

충분히 멀어졌을 무렵 자리에 멈췄다.

"여기서 쉬자."

"아아⋯⋯."

다들 자리에 앉아 서로를 쳐다봤다. 그리고 잠깐의 침묵. 뒤

이어 서로의 굳은 표정을 확인하며 가볍게 웃었다.

"표정들 봐라, 진짜."

"너도 만만치 않아."

"뭐, 진짜 처참하게 발렸으니까."

"인정."

"아, 근데 아무리 그래도 이건 좀 심한 거 아니냐? 성전사랑 대신관이지? 숫자는 적은데 한 마리가 거의 준보스급이잖아. 이걸 어떻게 이기라는 거야?"

"진짜, 좀 심하더라."

"그치?"

"응, 나 완전 놀랐어."

"나, 나두……!"

"언니도?"

"으응. 엄청 강하더라."

"그치? 앞으로 어떡하지……?"

지금 당장 가능성이 보이는 건 한 가지밖에 없었다.

리바이브.

"정예 성기사랑, 신관들 모아야지. 그러려고 틈틈이 안 살리고 내버려 뒀잖아. 솔직히 저 녀석들, 한 무리만 잡으면 되니까."

"오빠 말이 맞아. 한 마리씩 잡을 때마다 리바이브로 살리기만 해도 엄청 도움이 될 거야."

"그렇지. 그렇게만 되어도 한결 수월해지지."

듣고 있던 성민우가 몸을 일으켰다.

"콜! 바로 가자고. 다들 동의?"

"응, 난 좋아!"

"저, 저두요."

곧바로 정예 몬스터가 나타나는 구역으로 달려갔다. 그리고 틈틈이 놔두었던 영혼들을 찾아내어 리바이브 스킬로 되살리기 시작했다. 물론 그러면서도 마음 한편에는 과연 이길 수 있을지에 대한 의문이 있었다.

'그래도, 해봐야지.'

지금 당장은 방법이 없었으니까.

"이 정도면 되겠다. 가자."

"응!"

150여 마리의 타락한 정예 성기사와 신관을 살려낸 후 방향을 틀어 앞으로 나아갔다. 성전사와 대신관이 기다리고 있을 그곳으로.

살아난 정예 성기사가 112마리. 정예 신관이 38마리. 기존의 스켈레톤이 199마리. 총합 349기의 소환수가 무혁의 명령에 절대복종하는 상황이었다. 한 치의 어긋남도 없이 지시를 따르는 녀석들.

쾅, 콰과과광!

그러나 349기의 소환수가 상대하는 일곱 성전사와 대신관 셋은 숫자를 초월하는 능력을 지닌 괴물이었다. 성전사 녀석들을 조금 밀어붙인다 싶으면 대신관이 범위 마법을 사용해 스켈레톤을 녹여 버리거나 혹은 치유 마법을 사용해 지금까지의 공격들을 무용지물로 만들어 버리곤 했다.

짜증이 나서 대신관을 노리면 성전사가 활개를 치면서 소환수를 녹여 버렸다. 소환수가 죽어가는 걸 무시한 채 대신관 한 마리만 노림으로써 놈을 죽음의 끝자락까지 몰아붙였지만 받은 피해가 적지 않았다.

"후우……."

여섯이 넘어가는 아머나이트와 다섯의 아머기마병이 역소환을 당했다. 일반 검뼈와 일반 기마병은 진즉에 사라졌고 말이다. 그나마 정예 성기사가 정예 신관의 치유 능력을 업고서 그나마 버텨주는 게 다행이라고나 할까.

간혹 성전사에게 상당한 대미지를 입히기도 했지만, 그때마다 대신관의 치유 마법이 시기적절하게 뿜어졌기에 의미가 없었다.

'집중하자.'

잡념을 지우고 눈앞에 있는 대신관에게 다가갔다.

풍폭, 십자베기!

몇 번의 공격을 이어간 끝에 놈을 처리할 수 있었다.

[경험치가 상승합니다.]

순간 스치듯 지나가는 고민 한 가지.

'리바이브를 사용해야 하나?'

짧은 시간 동안 결론을 내렸다.

'아직은 아니야.'

성전사도 아닌 대신관. 그것도 겨우 한 마리를 되살려 봐야 이 상황을 역전시킬 수는 없었기 때문이다. 차라리 그냥 두는 게 훨씬 낫다고 생각했다. 충분히 휴식을 취하고 다시 이곳으로 와서 또 한 마리를 죽이고, 다시 한 마리를 죽이고. 그렇게 반복하다 보면 성전사와 대신관 전부를 죽일 수 있으리라 여겼다.

'그때 쓰면 돼.'

열 마리를 한꺼번에 살려내는 것이 다음 전투에 가장 효과적이었다.

후우웅.

그때 후미에 위치하고 있던 대신관의 몸에서 강력한 기운이 뿜어졌고 그 힘은 이제 막 사라지려 하는 대신관에게 빨려 들어갔다.

스르륵.

거짓말처럼 죽어가던 대신관이 몸을 일으켰다.

"어?"

설마 리바이브와 비슷한 스킬인가 싶었지만, 놈에게 마법 공격을 당하면서 확신했다. 대신관은 공격력이 조금도 떨어지지 않은 채 완벽하게 살아났다.

"으음."

무혁의 표정이 처음으로 굳어졌다.

'무슨 스킬이지? 부활인가?'

그게 가장 가능성이 높았다.

'만약 진짜라면……'

성전사와 대신관을 처리하는 건 불가능에 가까우리라.

"야, 저거 뭐야?"

어느새 다가온 성민우.

"설마 부활?"

"잘 몰라. 근데 능력치 그대로 살아나긴 했어."

"와, 돌겠네. 무슨 저딴 놈들이 다 있어?"

"일단 한 마리만 더 잡자."

"어? 왜? 또 살아날 텐데."

"살리기 전에 리바이브 사용해 보려고."

"아, 오케이. 알았어."

남은 스켈레톤으로 어떻게든 한 마리 정도만 더 죽여보기로 했다. 그러면 어떤 스킬을 지닌 것인지 확인할 수 있을 테니까.

'제대로 간다.'

이제까지는 몸을 조금 사렸다면 지금부터는 보다 저돌적으로 행동하기로 했다. 눈앞에 있는 대신관 한 마리에게 접근하면서 소환수로 주변을 차단했다. 방어는 도외시한 채 오직 공격에만 집중했다.

대신관이 사용하는 마법 공격은 범위가 넓고 파괴력도 뛰어난 편이지만 방어력과 HP, 그리고 몇 가지 스킬을 믿고 버텨보기로 했다.

[크리티컬이 터집니다.]

[9,877의 대미지을 입힙니다.]

[17,896의 추가 대미지을 입힙니다.]
[1,421의 대미지을 입습니다.]×5

하지만 무혁 역시 공격에 노출되면서 HP가 꽤나 줄어들었다. 남은 MP를 확인한 무혁이 스킬 하나를 사용했다.

익스체인지.

현재 소환수가 상당수 줄어들어서 MP에 대한 부담이 줄어든 덕분이었다.

[MP(2,500)가 소모됩니다.]
[HP(2,500)가 회복됩니다.]

하지만 그것도 1, 2번이었다. 그 이상을 사용하는 건 지금 상태에서도 무리였다.

카앙, 카가각!

공격을 성공시켰지만, 상황은 좋지 않았다.

'좀, 죽어라……!'

더 이상 버티는 게 힘들 정도였다. HP가 또 바닥인 것을 본 무혁이 별수 없이 아꼈던 스킬을 꺼내 들었다.

잠력격발!

순간 몸에서 힘이 차올랐다.

[HP(30퍼센트)가 회복됩니다.]

[MP(30퍼센트)가 회복됩니다.]
[모든 능력치(15퍼센트)가 상승합니다.]

무혁은 마지막 기회라 여기며 스킬을 퍼부었다.

백호검법 제1초식, 백호결.

공격을 성공시킨 후 2초식 백호파로 이어갔다. 느려진 시간 속에서 대신관을 무차별적으로 폭격한 후 파워대시로 균형을 흔들었고 거리를 둔 상태에서 3초식 백호참과 파천궁술 1, 2, 3초식을 연이어 날렸다.

쾅, 콰과과과광!

쉴 새 없이 터지는 강력한 대미지의 향연!

아머메이지, 마법공격!

그것만으로도 모자라서 아머메이지의 도움까지 받았다.

[경험치가 상승합니다.]

그제야 놈을 쓰러뜨릴 수 있었다. 다른 대신관이 살리기 전에 무혁이 먼저 리바이브 스킬을 사용했다. 그리고 급히 상태창을 열어 어떤 스킬을 사용하는지 확인했다.

[타락한 대신관1]
기존 능력치의 60퍼센트를 지닌 채 되살아났다.
스킬 : 타락한 신성 구슬. 앱솔루트 힐. 리버스 타임.

놈의 스킬을 하나씩 확인했다. 신성 구슬은 공격 마법이었고 앱솔루트 힐은 뛰어난 수준의 치유 마법이었다. 그리고 마지막으로 세 번째 스킬을 확인한 무혁의 눈동자가 크게 흔들렸다.

[리버스 타임]

타락하면서 얻게 된 힘으로 지정한 생명체에 한하여 모든 것을 과거로 되돌리는 능력을 지녔다. 사용자의 능력이 뛰어날수록 돌아가는 시간 역시 증가한다.

소모 MP : 10,000

쿨타임 : 1시간

정말 말도 안 되는 스킬이었다.

'과거로 시간을 돌린다고?'

그제야 대신관이 부활할 수 있었던 이유를 알게 되었다. 단순한 부활 스킬이 아니었다. 죽음에서 죽기 전으로 시간을 되돌려 버린 것이었다.

'디버프에 걸려도……!'

전으로 돌아가면 당연히 멀쩡해질 것이다.

'잠깐, 그러면……!'

순간 좋지 않은 생각이 스치며 지나갔다.

'리바이브는 어떻게 되는 거지?'

마침 뒤쪽에 있던 대신관 한 마리의 몸에서 터진 빛이 무혁이 살려낸 타락한 대신관에게로 빨려 들어갔다.

리버스 타임을 사용한 모양이었다.

[소환수 '타락한 대신관1'이 어떤 힘에 의해 변질됩니다.]
[스킬 '리바이브'의 적용이 해제되었습니다.]

불길한 생각이 적중했다. 리바이브 스킬이 풀려 버린 것이다.

'미친!'

무혁은 미간을 있는 대로 찌푸리면서 뒤로 물러났다.

"안 되겠다. 빠지자."

"오케이."

후퇴를 할 수밖에 없는 상황이었다. 이미 대부분의 소환수
가 역소환을 당한 반면, 성전사와 대신관은 여전히 10마리 그
대로였으니까.

물론 대신관을 두 번 죽이긴 했지만 되살아났으니 결과론
적으로 본다면 죽이지 못한 것이나 다름이 없었다.

압도적인 패배. 다시 도전할 엄두가 나지 않았다.

'그래, 지금 당장은.'

그러나 포기하지는 않았다.

'조금만 기다려라.'

무혁은 성전사와 대신관을 반드시 함락시키리라 다짐했다.

전투 지역에서 벗어난 무혁이 몸을 틀면서 동료를 쳐다봤다.

"리바이브로 살려서 스킬을 봤는데……."

"웅, 뭔데?"

"리버스 타임이라는 거야. 지정한 상대의 시간을 과거로 돌리는 스킬이더라고."

"허얼……!"

"아, 그래서 리바이브를 사용했는데도 살아난 거였어?"

"맞아."

"진짜 말도 안 되는 사기 스킬이네."

상당히 사기가 떨어진 기분이었다.

예린이 애써 밝은 목소리로 물어왔다.

"오빠들. 힘들지? 일단 여기서 좀 쉴래?"

그러나 무혁은 고개를 저었다.

"아니, 입구로 가보자."

"입구?"

"어, 성전사랑 대신관 사냥은 못 하고. 입구로 가서 견습 몬스터라도 사냥해야지."

"리젠이 되었으려나?"

"글쎄."

"만약 안 되면?"

"그럼 그냥 나가든가 해야겠지."

"만약 재입장 안 되는 거면……."

"망하는 거지."

성민우가 혀를 찼다.

"미친, 그럼 리젠되길 기도할 수밖에 없잖아."

이후로 대화가 단절되었다. 각자 생각이 많은지 침묵이 흐르는 가운데, 김지연이 불쑥 튀어나왔다.

"어, 저, 저기……."

"음?"

"궁금한 게 있는데요."

"네, 무슨 문제라도 있으세요?"

"그, 리젠이 되었다고 해서……. 뭐, 뭔가가 달라지는 건가요?"

그녀의 질문에 무혁이 웃었다.

"리젠만 되어 있으면 견습 몬스터라도 사냥해서 레벨을 205까지 만들 생각이에요."

"왜, 왜요?"

"소환수의 레벨이 본캐릭보다 5레벨이 낮은 건 알죠?"

"네에."

"저랑 여기 있는 민우랑 105레벨이 되었을 때 소환수가 진화를 했었어요."

"지, 진화요?"

"네, 그래서 205레벨이 되면 혹시라도 한 번 더 진화를 거치지 않을까, 기대하는 중이에요. 만약 그렇게만 되면 대신관이랑 성전사를 상대하는 것도 무리가 아니라고 생각하거든요."

"아……!"

무혁의 설명에 성민우와 예린도 고개를 끄덕였다.

"그래서 205레벨까지 사냥을 해보고. 진화가 되면 도전하는 거고. 아니면 여기서 멈추고 나갈 생각이었어요."

"그, 그랬군요. 알려주셔서 고마워요."

"뭘요."

무혁은 다시 성민우와 예린을 쳐다봤다.

"자, 그럼 입구 쪽으로 가보자고."

"좋아!"

"오케이. 아, 근데 진짜 스켈레톤이든 정령이든 제발 진화했으면 좋겠다."

성민우의 낮은 투덜거림에 무혁이 웃었다.

'당연히 할 거야.'

이미 알고 있는 사실이지만 확신을 줄 순 없었다. 다만 분명히 가능성이 있는 일이었기에 급하게 도망치던 때와는 달리 표정이 조금 밝아진 상태였다.

"속도 높인다."

조금 빨리 움직여 정예 몬스터가 나타나는 구역을 벗어났다. 견습 몬스터가 나타나는 구역에 발을 내디딘 것이다.

"어?"

그때 예린이 낮은 탄성을 뱉어냈다.

"있다, 있어……!"

멀지 않은 곳. 무리를 지어 돌아다니는 타락한 견습 성기사와 견습 신관을 발견할 수 있었다.

급히 자리에 멈춘 후 조금 뒤로 물러났다. 그곳에서 충분한 휴식을 취한 후 소환수를 불러내어 견습 몬스터를 학살하기 시작했다.

[경험치가 상승합니다.]
[경험치가 상승…….]

사체 분해를 시작합니다.]
[타락한 견습 성기사의 뼈(×2)를 획득합니다.]

사체 분해를 통해 얻은 뼛조각. 그리고 창조의 서를 사용해 획득한 뼈를 스켈레톤의 뼈와 교체한다.

[아머기마병2의 지식(0.11)이 하락합니다.]
[아머기마병2의 힘(0.29)이 상승합니다.]

큰 이득을 본 교체였다. 하나 더 교체해 봤으나, 안타깝게도 이번에는 체력이 줄어들고 지혜가 상승했다. 손해라고 볼 수 있었지만 스탯의 총합은 분명 상승했다. 조금이지만 한 계단씩 확실하게 성장하는 중이었다.

4일이 흐르고.

[레벨이 상승합니다.]

드디어 레벨 205를 달성한 무혁이었다.

"스켈레톤 소환."

아머나이트와 아머기마병, 아머아처와 아머메이지를 소환하는 순간 메시지가 연속적으로 떠올랐다.

['아머나이트'의 레벨이 200에 도달했습니다.]

['아머나이트'가 '강화 아머나이트'로 진화합니다.]

['아머나이트'의 진화율 0%, 1%, 2%…….]

['아머기마병'의 레벨이…….]

두개골을 교체하여 진화를 거친 녀석들 전부 새로운 형태로 변화하기 시작했다. 2미터가 훌쩍 넘어가던 키가 대략 190센티 정도로 조금 줄어들었다. 거기에 조금은 무겁게 느껴지던 굵은 뼈들도 압축되었다. 거추장스러웠던 것들을 벗어던지고 한결 가벼워진 느낌이었다.

직후 새하얀 뼈다귀 위로 조금은 붉은 기운이 스며들기 시작했다. 은은한 광택이 서리자 마치 압축된 붉은 강철을 바라보는 것만 같았다. 아무리 가격해도 흔들리지 않을 성벽. 무너지지 않을 탑. 스켈레톤에게서 그러한 느낌을 받았다. 존재감의 격이 한층 높아진 것이다.

　물론 변화는 외형만으로 끝나지 않았다. 진화율이 100퍼센트에 도달하자.

['아머나이트(전원)'가 '강화 아머나이트'로의 변화를 마칩니다.]
[각자의 특화된 특성을 지니고 있습니다.]
[특성에 맞는 무기를 사용할 경우 대미지(15%)가 상승합니다.]
[스킬 '충격 반환'을 습득합니다.]
[1레벨당 HP의 상승분이 15에서 20으로 증가합니다.]
[HP(2,000)가 증가합니다.]
[MP(1,000)가 증가합니다.]
[힘(30), 민첩(30), 체력(30)이 상승합니다.]
[물리 공격력(30)이 상승합니다.]
[물리 방어력(50)이 상승합니다.]
[마법 방어력(70)이 상승합니다.]
[공격 속도(10퍼센트)가 상승합니다.]
[이동속도(10퍼센트)가 상승합니다.]
[반응속도(5퍼센트)가 상승합니다.]

각종 스탯과 공, 방, 체력이 고루 상승했다.

['아머기마병(전원)'이 '강화 아머기마병'으로의 변화를 마칩니다.]
['아머아처(전원)'가 '강화 아머아처'…….]

['아머메이지(전원)'가…….]

  새로운 스킬까지 습득했다. 강화 아머나이트는 충격 반환을. 강화 아머기마병은 돌진을. 강화 아머아처는 멀티샷을. 강화 아머메이지는 속성에 따른 보다 강력한 마법을.

  "끝내주네, 진짜."

  "와, 오빠. 진짜 엄청나……!"

  "대, 대단해요."

  성민우, 예린, 김지연의 감탄에 무혁이 웃었다.

  "멋있지?"

  "대박이다. 얼마나 강해진 거야?"

  "엄청나게."

  "그럼 성전사랑 대신관한테 도전할 거냐?"

  "당연하지."

  무혁의 표정은 자신감으로 가득했다.

  상승한 스탯이 얼마인데.

  "스킬도 하나씩 더 생겼으니."

  "헐? 리얼?"

  "어, 아직 확인은 못 했고."

  "확인해 봐."

  성민우의 재촉에 무혁이 고개를 끄덕였다.

[충격 반환 1Lv(0%)]

사용할 경우 입은 대미지의 30퍼센트를 저장하여 단번에 방출시킨다.

지속 시간 : 10초

필요 MP : 500

쿨타임 : 60초

설명만으로는 스킬이 어느 정도 수준인지 감이 잡히지 않았지만, 조금 있다가 확인해 보면 되니까. 다음 스킬로 넘어갔다.

[돌진 1Lv(0%)]
사용할 경우 먼 거리를 순간적으로 단축시키며 그로 인해 발생한 기파가 주변에 타격을 입힌다.

공격력 : 물리 공격력의 230%

필요 MP : 500

'호오, 괜찮은데.'

[멀티샷 1Lv(0%)]
5대의 화살을 부채꼴 모양으로 퍼트리듯 쏘아 보낸다.

1대당 물리 공격력×90%

필요 MP : 500

'이건……!'

강화 아머아처는 무혁의 스킬과 이름이 같은 멀티샷을 얻었다. 다수의 강화 아머아처가 멀티샷을 사용한다면?

상상하는 것만으로도 미소가 그려졌다. 부채꼴로 퍼지는 엄청난 수량의 뼈 화살들은 그저 바라보는 것만으로도 어마어마한 장관일 테니까.

그 장면을 어서 보고 싶다는 생각을 하면서 메이지의 마법을 차례대로 훑었다.

파이어 스피어. 아이스 스톤. 윈드 커터. 썬더 피스트까지 4가지의 속성을 고루 배운 상태였다.

"어때? 좋냐?"

"어, 장난 아니다, 진짜."

"오오……!"

"바로 사냥하러 가자고."

"오케이!"

견습 성기사와 신관이 나오는 지역을 가로질러 정예 구역에 도착했다.

운이 좋다고 해야 할까, 타락한 정예 성기사와 신관이 리젠된 상태였다. 모두 정리한 후 성전사와 대신관을 상대하기 전, 리바이브로 다수를 되살리면 큰 도움이 될 것이다.

"그럼, 시작한다."

강화 아머메이지의 손에서 네 가지 빛이 모여들었고 강화 아머아처는 시위에 화살을 걸었다.

아머메이지의 손에서 뻗어 나간 마법들. 그것들은 기존에

익히고 있던 것들이었다. 본래라면 여기서 끝났겠지만 새롭게 배운 마법이 하나씩 더 존재하는 상황이었다.

무혁은 그것들을 연속적으로 사용하도록 명령했다.

후우웅!

그 뒤를 강화 아머아처의 파워샷과 멀티샷이 따랐다.

팡, 파바바방!

공간을 채운 뼈 화살은 개미 한 마리도 지나가지 못할 정도로 빼곡했다. 도저히 피할 길이 없는 화살 세례와 그 위에서 떨어지는 다수의 마법.

"대에에에박!"

성민우의 외침을 뒤로한 채, 마법이 정예 성기사와 신관을 타격했다. 후폭풍이 올라오고. 먼지를 꿰뚫고서 뼈 화살이 놈들에게 박혔다.

강화 아머기마병, 돌진!

이미 달려가고 있던 강화 아마기마병의 속도가 몇 배로 증가했다. 발생한 기파가 전면에 위치한 정예 성기사를 꿰뚫어 버린다.

가속 찌르기!

거기서 손에 들린 각자의 무기를 내뻗었다.

충분한 타격을 입힌 상황. 다음으로 접근한 강화 아머기마병들이 강한 일격 스킬로 추가 타격을 입히면서 포위망을 형성했다. 이후 공격을 주고받는 상황을 지켜보는 무혁.

그러다가 정예 성기사와 신관의 공격이 본격적으로 시작되

기 직전. 걱정 반, 기대 반으로 새롭게 얻은 '충격 반환'스킬을
사용했다.

[강화 아머기마병의 전신으로 보호막이 생성됩니다.]
[10초간 유지되며 받은 충격의 30퍼센트를 저장합니다.]

방패로 최대한 막아도 대미지는 상당했다.

쾅, 콰광!

5초 만에 평균적으로 4천의 HP가 줄어들었고, 10초를 채우
기 직전 각각 7천가량의 대미지을 입었다.

부르탄과 히드라를 포함하여 강화 아머기마병의 숫자가 정
확하게 44마리. 놈들을 감싸던 보호막이 붉게 물들며 사방으
로 쏟아졌다.

쿠후우우웅!

그 파괴력은 상상을 초월했다. 1마리당 2,100의 대미지. 총
합 92,400의 대미지을 사방에 입혀 버린 것이었다.

[경험치가 상승합니다.]
[경험치가 상승⋯⋯.]

타락한 정예 성기사 7마리가 녹아버렸다.

"우오오오!"

기세를 타고서 남은 녀석들을 쓸어버렸다.

잠시 후 흥분한 표정의 성민우와 예린, 그리고 김지연이 무혁의 앞에서 말했다.

"오빠, 완전 최고야……!"

"진짜 대박이다."

"어, 엄청나요. 정말."

당연한 반응이었다. 그 정도로 스켈레톤의 활약이 뛰어났으니까.

"나도 좀 놀라긴 했어."

진화를 거치면 분명 전력이 상당히 상승할 거라는 건 누구나 짐작할 수 있는 일이었다. 다만 생각만 하고 있었을 때와 직접 눈으로 보는 건 분명하게 달랐다.

게다가 전력의 상승이 기대치를 월등하게 초과한 상태였기에 흡족하지 않을 수가 없었다.

"정예 사냥하는 건데 완전 쉽더라."

"나두!"

"솔직히 견습 사냥하는 줄 알았다."

"이 정도면……."

충분히 성전사와 대신관도 상대할 수 있을 것 같았다.

"일단 정예 지역부터 벗어나자고."

"오케이!"

절로 기운이 솟아났다.

'빨리 끝내야지.'

이번 에피소드에서 숨겨진 힘을 얼마나 많이 얻느냐에 따라 앞으로의 위치가 많이 달라질 것이다. 일루전에서만이라도 모든 억압에서 자유롭기 위해서라도 최대한 많은 힘을 얻어야 하리라. 반드시 그렇게 되도록 노력할 생각이었다.

"가자."

휴식 없이 곧바로 나아가자 저 멀리 보이는 정예 무리들. 그리고 다시 시작된 전투에서 압도적인 힘으로 승리를 거머쥐었다.

다시, 또다시. 한 번의 전투를 더 거치고 휴식을 충분히 취한 후 스켈레톤을 새롭게 소환하고 다시 한번 더 전투를 치렀다.

"지금 12시 넘었는데, 오빠?"

"어? 벌써?"

"응."

"아, 그러면 다들 나가야겠다."

"1시 30분까지 모이자."

"오케이."

로그아웃을 하기 전, 스켈레톤을 마계로 보내려는 찰나에 한 가지 생각이 떠올랐다. 어차피 초반 정예는 필요가 없다는 사실을 말이다. 어차피 150마리 정도의 정예 몬스터를 살리는 게 한계였기에 이미 죽었거나 방금 전에 죽은 녀석들은 필요가 없었다.

'살려서 같이 마계에 보내야겠는데?'

"먼저 나간다."

"어, 그래."

"오빠, 조금 있다가 봐."

"응."

모두 게임에서 나갔을 때 무혁은 급히 군마를 타고 왔던 길을 돌아갔다. 그곳에서 정예 몬스터를 되살린 후 동료들이 로그아웃했던 방향으로 나아갔다.

리바이브, 리바이브.

죽었던 몬스터를 모두 살리니 정예 성기사가 97마리. 정예 신관이 38마리가 되었다. 여기에 무혁의 소환수를 더하여 전부 마계로 보냈다.

'나도 나가볼까.'

그제야 게임에서 나온 무혁이었다.

제6장
F11 구역

보고를 받는 서큐버스의 표정이 좋지 않았다.

"그래서, 마물 따위에게 겁을 먹고 지금 지원을 요청하겠다는 건가?"

"그, 그것이……."

"그러고도 네 녀석들이 자랑스러운 마족이라고 할 수 있겠더냐!"

하급 마족 둘은 머리만 숙인 채 대답하지 못했다.

"하긴, 기껏해야 하급이니 내가 뭘 기대하겠느냐."

"죄송합니다!"

"되었다. 그래, 얼마나 대단한지 보도록 하지. 카산드라!"

서큐버스의 말이 끝남과 동시에 검은 갑옷을 착용한 여성체 마족이 나타났다. 그녀의 호위 중의 한 명이었다.

"카산드라, 여기 있는 두 녀석을 데리고 F11 구역으로 향해 그곳에 나타난다는 마물을 상대하고 오도록. 녀석들의 전력이 어느 수준인지 정확하게 보고해라."

"알겠습니다."

카산드라는 중급 마족이었다. 그녀가 두 명의 하급 마족을 데리고 F11 구역으로 향했다. 한참을 달려 도착한 곳에는 아직 마물이라는 스켈레톤이 없었다.

"어디에 나타나지?"

"이곳입니다."

"여기?"

"예, 카산드라 님."

"흐음, 알겠다."

카산드라는 근처에 자란 빅마우스 나무의 기둥에 기댄 채 팔짱을 꼈다. 마물에 속하는 빅마우스 나무는 카산드라의 기운에 억눌리며 몸을 부들거리며 떨기 시작했다.

"얌전히 있어라. 죽이진 않을 테니."

그 말에 떨림이 거짓말처럼 멎었다.

"착하구나. 만약 떨었다면 바로 목숨을 잃었을 것이다."

순간 빅마우스 나무가 다시 떨었다.

"역시 마물이군."

카산드라의 손이 번개처럼 움직였고.

서걱.

아주 가느다란 검날에 베어짐과 동시에 나무의 몸체에서 불꽃이 일어났다. 카산드라가 걸음을 옮기자 재가 되어 허공으로 흩어졌다.

후우웅.

동시에 눈앞에서 바람이 일어났다.

"호오."

마물, 스켈레톤 무리가 나타난 것이다.

"저 녀석들인가?"

"예."

"수는 꽤 되는군."

카산드라가 천천히 다가갔다.

아머기마병1이 검을 들어 올렸다.

-적이다. 평소대로!

-알겠다.

가장 먼저 아머메이지의 마법과 아머아처의 뼈 화살이 쏟아졌다. 직후 아머기마병이 달려들었고 그 뒤로 아머나이트와 포이즌 오우거, 설인, 오크 대전사, 부르탄, 빅 스켈레톤 등이 따랐다. 굉장한 압박이었으나 카산드라는 날아드는 공격과 스켈레톤을 그저 바라볼 뿐이었다.

그러다 뼈 화살과 마법이 지척에 도달했을 때, 그제야 카산드라가 검을 그었다. 아주 얇은 실 같은 검을.

가벼운 휘두름이었으나 결과는 결코 가볍지 않았다.

꽈득, 꽈드득.

마법과 뼈 화살들이 그어진 검날에 잡아먹혔다. 마치 공간 자체가 베어진 느낌이었는데 그럼에도 불구하고 힘이 남았는지 달려드는 아머기마병을 스치듯 지나쳤다. 목숨을 잃지는 않았지만 상당한 HP를 잃어버린 상황.

-가속 찌르기!

억지로 파고들며 창을 뻗어보지만.

스륵.

카산드라는 가볍게 피하며 전방으로 나아갔다. 그녀가 지나간 자리에 있던 아머기마병은 힘을 잃고 쓰러졌고 이내 역소환되었다.

-내가 막는다.

설인이 나서 차가운 냉기를 뿌렸으나 휘둘러진 얇은 검에 잘려 나갔다. 어떤 공격도 카산드라에겐 통하지 않았다. 흐르는 물과 같은 움직임. 그것만으로 스켈레톤 전부를 처리해 버렸다. 시간은 걸렸으나 압도적이었다.

"이것이 다인가?"

"예……."

"흐음, 알겠다. 난 돌아가서 보고를 올리겠다."

"지원은……."

"너희 둘로는 어려울 수도 있겠더군. 하급 마족 둘을 더 보내마."

"감사합니다."

카타리나는 돌아가자마자 보고를 올렸고 의견을 수용한 서큐버스가 곧바로 하급 마족 둘을 추가로 보냈다. 그 탓에 스켈레톤이 다시 마계로 돌아왔을 땐 하급 마족 넷을 상대해야만 했다. 둘을 상대하기도 버거웠기에 넷을 상대로 이기는 건 불가능하다고 볼 수 있었다. 그렇게 한없이 긴, 패배의 시간이 흘러갔다. 그리고 오늘.

-새로운 힘을 얻었다.

총 102마리의 스켈레톤이 진화를 마친 채 마계로 이동되었다. 135마리의 타락한 정예 몬스터와 함께.

하급 마족 넷의 표정이 순간 굳었다.

"하, 또 저것들인가."

정예 성기사와 신관을 보고 하는 말이었다.

"상관없지. 어차피 죽이면 그만."

"가자고."

거리를 좁히는 가운데, 하급 마족, 아스카가 고개를 갸웃거렸다.

"뭔가 다른데……?"

"다르긴 뭐가?"

"일단 몸집도 줄어들었고……."

사실 몸집이 줄어든 건 신경 쓸 필요도 없었다. 다만 풍겨오는 기세가 지난번과는 확연하게 달랐다. 위험하다고, 본능이 자꾸만 경고했다. 일단 상황을 조금 더 살펴보고 싶다는 생각에 속도를 멈췄다. 그러자 비슷한 속도로 나아가던 다른 세 명의 하급 마족과 거리가 벌어졌다.

놀란 아스카 급히 입을 열었다.

"잠깐! 일단 상황을……."

그 순간 메이지의 마법이 쏟아졌다.

'음, 비슷한데······.'

뒤이어 아처의 뼈 화살이 날아든다.

'똑같잖아?'

이 정도라면 어렵지 않게 막아낼 수 있는 수준이었다.

'괜한 걱정이었나.'

우려스러운 마음을 지우고 검을 뽑았다.

휘릭.

강하게 그어버리자 차가운 냉기가 뿜어졌고 그것은 날아드는 메이지의 마법, 아처의 뼈 화살과 부딪혔다. 힘의 대결이 펼쳐지는 가운데, 냉기를 꿰뚫고 들어오는 것들이 보였다.

"어······?"

그것은 어마어마한 수량의 뼈 화살이었다. 도저히 피할 틈이 없는. 결코 막아낼 수 없는 그러한 수량.

그게 끝이 아니었다.

'미친······!'

또 다른 마법들이 허공을 가득 메웠다. 불길한 예감이 적중한 것이다. 하지만 이내 마음을 다독이며 거칠게 검을 그었다.

'여기서 죽을 순 없어!'

앞에 있는 세 명의 동료 역시 다급한 움직임이었다. 그들과 함께 힘을 합친다면 충분히 막아낼 수 있을 것이다. 다만 문제는 대응이 너무 늦었다는 사실이었다. 미리 알았더라면 시간은 걸리더라도 피해 없이 함락시킬 수 있었으리라.

쾅, 콰과과과광!

결국 힘에서 밀리며 뼈 화살과 마법에 적중당했다.

"크윽……!"

상처 입은 하급 마족 셋이 뒤로 주르륵, 밀려났다.

아스카 역시 마찬가지였다.

'이 정도는 괜찮아!'

앞에 있는 마족도 마찬가지 생각이었는지 크게 외쳤다.

"버티고, 바로 친다!"

피할 수 있는 건 없었다. 오로지 방어뿐. 착용하고 있는 전신 갑옷과 특유의 튼튼한 신체를 믿을 수밖에.

짧으면서도 긴 공격이 끝나고.

"이제 우리가……!"

그 순간 강화 아머기마병이 빛으로 화하며 먼지를 뚫고 들어왔다. 동시에 신체를 두드리는 강한 기파.

"크읍!"

순간적으로 균형을 잃어버렸을 때.

-가속 찌르기!

-가속…….

날카로운 창날이 갑옷을 후벼 팠다.

카가각!

뒤이어진 피어와 기파. 그리고 어느새 주변을 둘러싼 강화 아머나이트까지.

"이 새끼들이……!"

꽤나 큰 충격에 상처를 입은 마족 한 명이 도끼를 치켜들었다.

"뒈져 버려!"

그 순간 공격을 당하는 다수의 아머나이트에게 보호막이 서렸다. 대미지는 입었지만 30퍼센트만큼의 대미지이 보호막에 누적되고 있는 상황. 공격을 묵묵히 받아내는 강화 아머나이트의 모습에 하급 마족의 목소리가 크게 갈라졌다.

"죽으라고오오오오!"

하지만 HP가 너무 빠르게 줄어들었다.

그 순간 뒤쪽에 있던 다른 강화 아머나이트가 나섰다.

-충격 반환.

대신해서 공격을 맞아줬다. 누적되는 대미지. 반복되는 교체. 그렇게 10초를 견뎌냈을 때. 쌓아두었던 30퍼센트의 대미지를 사방으로 분출시켰다.

"크으으으……!"

거기서 끝이 아니었다.

-강한 일격!

-강한…….

연속된 스킬에 또 한 번의 충격을 받고 꾸준히 날아드는 뼈화살에 상처는 깊어져만 갔다. 그러나 하급 마족들은 결코 만만치 않았다. 최소 레벨 200. 최대 250에 달하는 실력을 지녔으니 오죽할까.

하급 마족들은 분노를 터뜨리며 힘을 쥐어짜 냈다.

"으아아아아아아!"

괴성과 함께 갑자기 몰아붙이기 시작하는 넷.

그 순간 타락한 정예 성기사가 다가왔다.

후우웅.

휘둘러지는 검은 생각보다 묵직했다.

"죽어!"

또한 생각보다 끈질겼다. 뒤쪽에서 치유 마법을 꾸준하게 사용하는 정예 신관 덕분이었다. 여유가 생기면 정예 신관은 망설임 없이 공격 마법을 사용했다. 성기사로 한 번 가두고, 아머나이트로 두 번을 가둔 포위망. 빠져나갈 길이 보이지 않았다.

빅 스켈레톤의 주먹이 내리꽂혔다.

콰아아앙!

그것을 막아내는 마지막 남은 하급 마족, 아스카.

"크읍……!"

그런 그에게 달려드는 아머기마병.

-가속 찌르기!

-가속…….

날카로운 창날이 드디어 갑옷을 부서뜨리고 몸통을 꿰뚫었다.

"빌어먹을……."

그가 쓰러지고.

-이겼다.

-승리했다.

-드디어.

모두들 자리에 가만히 선 채 기쁨을 만끽했다. 오랜 시간의 패배를 이겨내고 드디어 하급 마족 넷을 죽여 버린 역사적인 순간이었으니까.

-우리는 강해졌다.

-압도적으로.

-그러니 다시 나아간다.

강화 아머나이트1이 지휘 권한을 사용해 무리를 이끌었다.

머지않아 6급에 해당하는 마물이 나타나 길을 막았지만, 지금의 스켈레톤 무리를 막아낼 수준은 아니었다. 생각보다 더 빠르게 마물을 처리한 후 다시금 걸음을 재촉했다.

-멈추지 마라.

분위기를 한껏 잡고서 걸음을 옮기는 강화 아머나이트1. 그 뒤에서 부르탄이 턱을 부딪쳤다.

-알았다.

손바닥 위에 올라간 상태의 두개골인지라 보기에 썩 좋지 않았다.

-굳이 대답할 필요는 없다.

-알았다.

-대답할 필요가 없다.

-알았다.

-너, 이 새끼…….

처음으로 욕을 내뱉었고.

-어……?

동시에 인지할 수 있었다.

-뭔가 넓어진 기분이다.

-나 역시.

진화를 거치면서 한층 더 사고가 유연해졌음을 말이다.

-넌 조용히 해라.

-알았다.

-짜증 나는 녀석.

-별로.

강화 아머나이트1이 몸을 휙 하고 돌렸다. 그러자 손바닥 위에 올라 있던 부르탄의 두개골이 흔들거린다.

-뭘 보나.

-…….

-뭘 보냐고.

-됐다. 가자.

-알았다.

다시금 앞으로 나아가는 둘. 뒤에서 지켜보던 스켈레톤들이 한심하다는 듯 고개를 저었다. 잠시 후. 수많은 마물을 처리하며 나아가던 중 작은 마을을 발견했다.

-이런 곳에 마을이 있군.

-가보자.

-알았다.

-넌 대답 좀 그만해라.

-알았다.

-정말, 답답하군.

-미안하다.

-일부러 그러는 건가?

-아니다.

-후, 되었다. 말을 말아야지.

-그러든가.

-이 새…….

그때 포이즌 오우거가 나섰다.

-그만.

단호한 말에 티격태격하던 아머나이트1와 부르탄이 입을 다물었다.

-마을로 갈 건가?

-가자.

스켈레톤이 덜그럭, 덜컥. 특유의 소리를 내며, 걸음을 옮겼다. 마을과의 거리가 점차 좁혀지고. 이윽고 입구에 당도했다.

-좀 둘러보는 게 좋겠다.

-좋은 생각.

마을엔 생각보다 많은 존재가 돌아다니고 있었다. 인간을 닮은 그들은 마계에서 지내는 일반 주민이었는데 스켈레톤을 바라보며 고개를 갸웃거렸다.

"마물인가?"

"그럼 막아야 하는 거 아냐?"

"하지만 질서정연하잖아?"

"마물은 아닌 것 같은데?"

"흠, 신기하군."

그때 누군가가 스켈레톤에게 다가갔다.

"이봐, 너희들은 뭐지? 마물인가?"

이야기를 알아듣는 스켈레톤이었기에 반응할 수는 있었다. 덜그럭. 고개를 휘젓는 것으로.

"아니라고?"

고개를 끄덕이는 스켈레톤들.

"호오, 말은 알아듣는군. 근데 말은 못 하는 건가?"

다시 고개를 끄덕인다.

"재밌군. 아무튼 환영하네. 이곳, 커시우 마을에 온 것을. 자, 다들 모이라고. 이 녀석들, 마물은 아니야!"

"그래? 신기한 놈들이네."

"뼈다귀인데, 무장도 하고 있고."

"뭘까?"

"보고는 안 올려도 되겠지?"

"뭘 그렇게까지. 어차피 신경도 안 쓸 텐데."

자조적인 그의 말에 다들 쓴웃음을 짓는다.

"하긴."

"뭐, 오랜만에 온 손님이니 좋게 생각하자고."

"자자, 해골이라고 부르면 되나? 일단 편한 곳으로 가자고. 어디서 왔는지는 모르겠지만, 우리 마을이 생각보다 좋아. 여기가 말이야. 예전부터……."

얼떨결에 커시우 마을주민과 소통하게 된 스켈레톤이었다.

⬤

같은 시각. 서큐버스는 북쪽 마왕의 눈치를 보다가 자리를 슬그머니 떴다.

"카산드라."

"예."

"F11 구역으로 가라. 전부를 뒤져 마물을 찾아내어 죽여라. 없다면 1주일간 대기했다가 녀석들을 죽이고 돌아와라. 그간 놈들이 얼마나 강해졌는지를 상세하게 파악하도록."

"알겠습니다."

카산드라는 곧바로 몸을 돌렸다. 의문은 없었다. 그저 지시를 받았으니 행할 뿐.

파파밧.

빠른 속도로 이동해 도착한 F11 구역.

"흠?"

마물, 스켈레톤은 보이지 않았다.

'다른 곳에 있나?'

F11 구역을 천천히 돌아다녔다. 구석구석 조금도 빠뜨리지 않고 살폈으나 그럼에도 스켈레톤은 찾아낼 수 없었다.

'죽었나?'

그렇다면 대기한 후 다시 나타나길 기다리면 되리라. 카산드라는 지난번 하급 마족에게 안내받았던 지역으로 향했다. 그곳에서 마물, 스켈레톤이 나오기를 기다렸으나 1주일이 지나도 스켈레톤의 그림자조차 발견할 수 없었다.

그 사실을 서큐버스에게 보고했고 그녀는 스켈레톤이 더 이상 나타나지 않을 수도 있다는 생각을 하면서도 확신을 위해 조금 더 지켜보기로 결정을 내렸다.

"1개월간 그곳을 확인해라."

"예."

다시금 F11 구역으로 떠나는 카산드라였다.

⬤

점심을 먹고 일루전에 접속한 무혁.

'오늘은 뭔가 좀 다른 게 있으려나?'

일말의 기대감을 지닌 채 누적된 메시지를 확인했다.

[소환수가 경험치를 획득합니다.]

[소환수가 경험치를…….]

기대감이 충족되는 순간이었다. 아니, 그 이상이었다. 정말 오랜만에 보는 경험치 획득 메시지였기에 감회가 새로웠다. 정신을 차리고 경험치를 얼마나 획득했는지 확인했다.

그러자 무혁의 눈이 커졌다.

"허어……."

100만에 달하는 놀라운 수치가 시야에 들어왔다. 무려 스
탯 100개의 가치. 그간의 답답함이 단번에 해소되는 기분이었
다. 그런데 그게 끝이 아니었다.

[소환수가 북쪽 F12 구역의 커시우 마을에 들어섰습니다.]
[시작 구역을 F12 구역의 커시우로 변경할 수 있습니다.]
[변경하시겠습니까?]
[Yes/No]

생각지도 못했던 문구에 순간 멍해졌다.

'위치 변경……?'

의문은 순식간에 사라졌고 무혁의 입가에는 미소가 그려졌
다. 예상하기로 F11 구역에 하급 마족이 나타나 스켈레톤을
무차별적으로 죽이는 것 같았다. 이 시기에 구역을 바꾸게 되
면 한동안은 자유롭게 돌아다닐 수 있을지도 몰랐다.

스윽.

무혁은 손을 들어 예스를 눌렀다.

[시작 구역이 F12 구역, 커시우 마을로 변경되었습니다.]

모든 것이 완벽해졌다. 다만, 문제는 하나. 아직 스켈레톤이

마계 구역에 살아남았다는 사실이었다.

'언제 죽는 거야?'

죽어야만 이곳에서 소환할 수 있기에 막연히 기다릴 수밖에 없었다. 그래도 아직은 시간이 있기에 마음을 가라앉히고 자리에 앉았다. 그렇게 5분 정도가 지났을 무렵, 성민우, 김지연, 예린이 순서대로 게임에 접속했다.

"바로 갈까?"

"잠깐만."

"왜?"

"소환수를 마계로 보냈는데 아직 안 죽어서."

"아직도?"

"어."

"오빠, 지금까지는 항상 바로 죽었다고 하지 않았어?"

"그랬지."

"근데 지금은 살아남은 거네?"

"맞아. 그래서 소환수 경험치도 많이 받았어."

"아하. 그러면 조금 기다리지, 뭐."

다행히 30분 정도가 흘렀을 즈음.

['강화 아머나이트3'이 역소환됩니다.]

[소환수가 경험치를 획득합니다.]

['강화 아머아처2'가 역소환됩니다.]

['강화 아머기마병'······.]

스켈레톤이 다시금 죽임을 당하기 시작했다.

한동안 커시우 마을에서 시달리던 스켈레톤들.

-힘들다.

-나도.

-나가고 싶다.

-나가자.

-어떻게?

-그냥 나가면 될 것 같다.

-말도 안 통하니까.

-그래, 그냥 밀어붙인다.

-그게 좋겠다.

오랜만에 단결된 그들이었다.

덜그덕, 덜컥.

"음? 자네들, 어디 가는가?"

"거긴 남문인데?"

"어허, 남문으로 가면 4급 이상의 마물이 나온다고. 나가지 않는 게 좋아."

그러나 스켈레톤은 멈추지 않았다.

"이봐, 자네들!"

주민 일부가 스켈레톤의 앞을 막았다.

-어쩌지?

-모르겠다.

-음······.

그때 강화 아머나이트1이 나섰다.

스릉.

검을 뽑아 드는 모습에 긴장하는 주민들.

"왜, 왜 그러나?"

아머나이트1이 한 걸음을 내디뎠다.

"자, 자네······!"

"잠깐······!"

주민의 말을 무시한 채 검을 바닥에 찍었다.

슥, 스윽.

무언가를 그리기 시작했다.

다, 음, 에, 오, 겠, 다.

마을 주민들은 안도하며 고개를 끄덕였다.

"오오, 좋구만. 난 또 검으로 공격이라도 하려는 줄 알았지 뭔가? 하하, 자네들처럼 착한 친구들이 그런 일을 할 리가 없는데 말이야. 아무튼 다음부터는 이렇게 대화를 나누면 되겠어! 꼭 다시 오게나!"

스켈레톤들이 고개를 끄덕인다. 그제야 주민이 길을 터줬고 남문을 나설 수 있었다.

-해냈다······!

덩실덩실.

부르탄이 갑자기 춤을 추기 시작했다.

손바닥에 올라간 두개골의 턱이 부딪히고.

-나는 승리했다!

강한 외침에 다들 그를 쳐다봤다.

-멍청하다.

-네가 한 건 아무것도 없다.

-이건 승리가 아니다.

그러나 부르탄은 신경 쓰지 않았다.

-으아아아아아!

스켈레톤끼리만 공유할 수 있는 승리의 함성을 쏟아낼 뿐이었다. 그 순간 더 이상은 못 듣겠다는 듯 포이즌 오우거가 발을 굴렀다.

-시끄럽다.

-아, 알겠다.

단번에 수긍하는 부르탄. 이상하게 포이즌 오우거의 말은 거역하기가 어려웠다.

-가자.

상황이 정리되고 걸음을 옮겼다.

저 멀리 마수가 보이고.

-작전대로!

빠른 속도로 마수를 죽였다.

4급, 3급. 2급. 높은 급수의 마수들이 대거 등장했고 피해 역시 점차 커졌다.

-우리는 끝없이 나아갈 것이다!

그럼에도 멈추지 않았다.

무혁이 몸을 일으켰다.

"가자."

"뭐야, 다 죽은 거야?"

"어, 방금 전에."

"뭐, 그렇게 오래 걸리지도 않았네."

"그런가? 그래도 빨리 정리하자고."

"좋지."

무혁과 동료는 빠른 속도로 이동했다.

저 멀리 정예 몬스터가 보일 때.

"스켈레톤 소환."

무혁은 스켈레톤을 불러내어 스탯 100개를 아머나이트1, 아머아처1, 아머메이지1, 아머기마병1에게 고루 분배했다. 전부 지휘 권한의 문양을 지니고 있는 소환수였다.

'든든하구만.'

웃으며 마법 공격으로 스타트를 끊었다. 연계되는 각종 공격. 타락한 정예 성기사와 정예 신관은 순식간에 녹아버렸고 무혁과 동료는 쉬지 않고 나아가며 나타나는 정예 몬스터를 처리해 나갔다.

"후, 좀 쉬자."

"오케이."

대략 3, 4그룹 정도를 없애고 휴식을 취했다. 그리고 휴식이 끝나면 다시 전진. 일행은 세 무리를 더 처리하고 포만감을 달래기 위해 꽤 긴 시간을 쉬었다. 그러다 저녁 시간이 되었다.

"9시까지 여기서 보는 걸로."

"응!"

"조금 있다 봐요."

인사하며 사라지는 동료들.

스윽.

무혁은 뒤로 돌아가 정예 몬스터를 되살렸다.

마계 이동.

[소환수 전원을 마계의 F12 구역으로 이동시키겠습니까?]
[Yes/No]

예스를 누르자 스켈레톤과 되살린 몬스터가 사라졌다.

'경험치 많이 얻어서 와라.'

전원이 마계로 이동된 것이다.

눈을 뜬 스켈레톤들의 표정이 굳었다.

-여기는……

-그곳이다.

-이런.

F12 구역의 커시우 마을이었다.

"음? 자네들!"

스켈레톤을 발견한 주민이 반가운 표정을 지으며 다가왔다.

"아니, 갑자기 여기서 나타나다니? 어떻게 된 건가?"

강화 아머나이트1이 검을 꺼내어 바닥을 그었다.

모, 른, 다.

"허어, 자네들이 그걸 모르면 어떻게 하나? 정말 신기한 일
이군. 아무튼 잘 왔네. 지난번에는 그냥 가서 얼마나 섭섭했는
지 아는가? 오늘은 제대로 놀아보자고!"

얼떨결에 끌려가게 된 상황.

"자, 자. 일단 이거부터 마셔봐."

주민이 건넨 것은 마계의 술이었다.

우, 리, 는.

"됐고. 마셔보게나!"

주민이 술을 강제로 먹였다.

콸콸콸.

뼈를 타고 흘러내리는 마주.

"어? 무슨 일인가? 술이 왜 흘러내리는 거야? 아, 뼈다귀였지? 이거 미안하게 됐군. 그냥 보기엔 갑옷이라도 입은 것처럼 보여서 착각을 했구만. 그러면 고기라도 먹겠나? 아, 고기도 못 먹는 건가? 저런. 먹을 수 없다니. 그 크나큰 재미를 잃고 지내는 게 얼마나 힘들었을꼬……."

정말로 말이 많은 주민이었다.

"일단 여기로 와보게나."

더 이상은 안 되겠다 싶었는지 강화 아머나이트1이 힘을 줬다.

그, 만.

검으로 글자를 쓰자 주민이 머리를 긁적거렸다.

"아아, 미안하네. 자네들도 바쁠 터인데. 내가 너무 시간을 빼앗았군. 아무튼, 상황을 보아하니 이곳에 간간이 나타날 것 같구만. 다음에 보면 꼭 시간을 내주게나."

알, 았, 다.

그렇게 대답을 하고서야 주민에게서 벗어날 수 있었다. 그러나 다른 주민들에게 붙잡히지 말란 법이 없었다. 전력으로 질주하여 황급히 남문을 벗어났다.

-후우, 살았다.

-너무 힘들군…….

-다음에는 이곳에 오게 되면 바로 뛰자.

-알겠다.

시답잖은 대화를 나누는 사이.

-나타났다.

-마물이다.

3급 마물 15마리.

-많지는 않군.

-계획대로 움직인다.

지금까지와 마찬가지로 마법과 뼈 화살을 시작으로 압도적
인 물량 공세를 보여줬다.

콰광, 콰과광!

순식간에 녹아버리는 마물.

-다시 간다.

-알겠다.

더 나아가니 2급 마수 21마리가 나타났다.

마법과 뼈 화살. 그 아래를 달려가는 아머기마병.

-돌진!

-가속 찌르기!

스킬을 난사하며 사냥을 시작했다.

-크워어어어!

-오랜만에 아주 좋군!

-모두 쓸어버리자.

하급 마족에게 셀 수 없이 많이 죽었다. 강제적인 억압이라고나 할까. 그 갑갑함이 풀리면서 자유로움을 느꼈고. 그 탓에 지금 스켈레톤은 승리에 목이 마른 상태였다. 휴식도 없이 싸우고 또 싸웠다.

-이겼다.

-더, 더 많은 승리가 필요하다.

덩달아 소환수 경험치 역시 빠른 속도로 증가했다.

꾸준한 성장을 이어가던 나날들.

"준비하자고."

드디어 오늘. 정예 몬스터 구역을 돌파했다. 저 멀리 돌아다니는 타락한 성전사와 대신관 10마리를 확인한 후 등을 돌렸다. 리바이브 스킬을 사용하기 위함이었다. 그리 멀지 않은 곳에서 멈춰 주변을 훑었다. 영혼이 꽤 있었다.

[MP(2,900)을 소모합니다.]

거기서 멈추지 않고 다른 곳에서도 살려냈다. 최대한도로. 그렇게 되살린 숫자가 정확히 162마리.

"오빠, MP는 어때?"

"바닥이야."

"가면서 채울 수 있지?"

"그럼."

더 이상 소환할 여력은 없었다. 전투를 앞두고 MP를 최대한으로 채울 필요성이 있었기에 일부러 느긋하게 걸음을 옮겼다. 약 10분이 지났을 무렵 목적지에 당도했으나 아직은 MP가 조금 부족한 감이 있었다.

"5분만 더 쉬자."

"오케이."

MP가 충분히 차올랐을 때.

"스켈레톤 소환."

소환수를 불러낸 후 공격을 시작했다.

단체 마법 한 번. 파워샷 한 번. 돌진 스킬을 사용하지 않고 그저 달려 나가는 강화 아머기마병. 거리를 충분히 좁히고서야 스킬을 사용했다.

-가속 찌르기!

뒤이어 포위망을 형성하는 아머나이트와 정예 성기사 무리. 지난번과 형식은 같았지만 느껴지는 감정은 분명하게 달랐다.

'아직 여유가 있어.'

남은 스킬이 꽤 많았다. 그렇기에 자신이 있었다.

'가보자고.'

천천히 주변을 맴돌며 시위에 화살을 걸었다.

풍폭, 강력한 활쏘기.

대신관을 겨냥한 채로 어둠의 정령을 지휘했다. 대신관 한 마리에게 흡수되는 순간 멍해진 듯 자리에서 움직이지 않았다.

파앙!

쏘아진 화살이 놈의 미간에 꽂혔다.

[크리티컬이 터집니다.]
[6,067의 대미지을 입힙니다.]
[10,920의 추가 대미지을 입힙니다.]

연속으로 쏘아지는 일곱 대의 화살.

캉, 카가가강!

대신관의 이마, 턱, 볼, 목, 가슴에 고루 꽂혔다.

[1,510의 대미지을 입힙니다.]×7
[추가로 2,718의 대미지을 입힙니다.]

이어지는 부르탄의 기파.

다시금 쏘아지는 한 대의 화살.

3초식, 파천사였다.

쿠우우웅!

곧바로 2초식, 무음사를 날리고 설인의 도움을 받아 놈을 얼렸다. 그리고 그 틈에 거리를 좁혀 풍폭을 건 상태에서 십자베기를 사용했다.

카가각!

이어지는 각종 백호검법들. 화려하면서도 파괴적인 힘이 뿜어졌다.

[경험치가 상승합니다.]

조심스레 소환수를 뒤로 물렀다.

후우우웅.

때마침 대신관 한 마리의 몸에서 시작된 기운이 죽은 대신관에게 흡수되었다. 되살아나는 녀석을 바라보며 마법을 명령했다. 진화를 거치면서 배운 새로운 마법은 기존의 것보다 더욱 강력했다.

콰과과과광!

동시에 쏟아지는 화살의 세례. 피할 곳은 없었다. 멀티샷의 힘이었다. 아머기마병이 다시금 달려들면서 몬스터를 갈라놓았다. 연이어지는 공격. 목표물은 방금 전, 되살아난 대신관이었다.

'두 번만 더 죽이면 돼.'

대신관은 총 3마리. 같은 놈을 연속해서 죽인다면 나머지 2마리의 대신관만 리버스 타임을 사용할 수 있게 된다. 즉, 동일한 녀석을 총 세 번만 죽이면 시간상 전투하는 동안에는 더 이상 리버스 타임을 사용할 수 없게 되는 것이다.

'상황은 나쁘지 않아.'

무혁은 시야 확보 스킬을 통해 스켈레톤의 상태를 객관적으로 판단하면서도 공격을 멈추지 않았다.

같은 시각. 아머나이트의 신체를 뒤덮는 막. 그 뒤로 나머지 스켈레톤들이 위치했다.

후우우웅!

이윽고 몰아치는 강력한 바람.

성전사의 스킬이었다. 바람은 순식간에 강풍이 되었고 이내 폭풍이 되어 아머나이트를 뒤덮었다. 급속도로 줄어드는 HP. 동시에 차오르는 충격 흡수량. 대략 4초가 흘렀을 때 이미 아머나이트의 체력은 절반으로 떨어졌다.

-돌진!

그 순간 뒤쪽에 있던 아머기마병이 빛에 휩싸이며 뻗어 나갔다.

쿠우웅!

중앙에 위치한 성전사를 호위하는 나머지 녀석들에게 한 마리씩 부딪혔다. 한 번 부딪힐 때마다 성전사는 조금씩 뒤로 밀려났다.

-돌진!

연이어 부딪히는 아머기마병들.

쿵, 쿵, 쿠웅!

결국 바닥에 대검을 꽂은 채 바람 스킬을 사용하던 녀석마저 돌진 스킬에 적중당하며 균형을 잃어버렸다. 덕분에 바람이 멎었고 대부분의 아머나이트가 흡수한 피대미지의 30퍼센트를 성전사에게 되돌려 줬다.

[2,391의 대미지을 입힙니다.]×37

9만에 가까운 대미지였다.

'좋아.'

대신관 둘은 성전사와 그들 각자에게 치유 마법을 사용하기에 바빴고 덕분에 남은 한 마리를 쉽게 요리할 수 있었다.

[경험치가 상승합니다.]

또 한 번 녀석을 죽이는 순간이었다. 다시금 살아나는 대신관. 이제 녀석을 한 번 더 죽이고 리바이브를 사용해 되살리기만 하면 리버스 타임을 무혁의 의지대로 사용할 수 있게 되는 것이다. 아군의 부활을 한 번 보장해 주는 무시무시한 스킬. 그것만 얻는다면 상황이 아주 유리한 방향으로 흐를 것이 분명했다.

기세를 탔을 때 몰아붙여야만 했다.

'한 번만 더!'

그렇기에 살아난 대신관에게 모든 스킬을 쏟아부었다. 놈을 죽이고 되살리기만 하면 충분히 유리하다고 여겼기에 공격을 멈추지 않았다.

[1,971의 대미지을 입힙니다.]
[크리티컬이 터집니다.]

[3,419의 대미지를…….]

대미지가 끝없이 쌓이고.

[경험치가 상승합니다.]

결국 놈을 쓰러뜨릴 수 있었다.
"리바이브."
곧바로 스킬을 사용했다.

[주변을 떠도는 몬스터의 영혼(1마리)을 발견했습니다.]

당연히 한 마리밖에 없었다.

[MP(100)를 소모합니다.]

대신관이 무혁의 수족이 되어 움직이기 시작했다.
상태를 확인을 하자 전에 확인했던 스킬 그대로였다. 공격 계열, 타락한 신성 구슬. 회복 계열, 앱솔루트 힐. 부활 계열, 리버스 타임.
세 가지 스킬 모두 지금 당장 사용할 수 있었다. 타락한 신성 구슬부터. 되살아난 타락한 대신관의 손바닥에서 다량의 암흑 구슬이 생성되었고 그것은 곧 뒤쪽에 위치한 대신관에게 쏘아졌다.

픽, 퍼퍼픽.

생각보다 더 많은 대미지가 들어갔다.

'괜찮은데?'

뒤이어 앱솔루트 힐을 사용했다.

[범위를 택해주십시오.]

순간 푸른색의 네모난 모양이 눈에 들어왔다. 시선을 옮기자 모양도 따라왔다. 이게 바로 범위를 나타내는 표식이었다.

'흐음, 스켈레톤한테는 적용이 안 되겠지?'

무혁은 그렇게 생각하면서도 혹시나, 만에 하나의 가능성을 기대하며 HP가 낮은 녀석들을 한자리에 모두 모았다. 사용한다. 푸른빛이 녀석들에게 흡수되었다.

[알베타르 신관에 속하지 않은 생명체가 존재합니다.]
[대신관의 능력으로 그들에게도 치유의 힘을 일부 전달합니다.]
[타락한 정예 성기사의 HP(25,000)가 회복됩니다.]
[나머지 생명체의 HP(5,000)가 회복됩니다.]

정예 신관은 정예 성기사만 치유할 수 있었다. 그러나 대신관은 그 자체의 능력으로 다른 이들에게도 치유의 힘을 일부 전달할 수 있었다.

'대박인데⋯⋯!'

기대하지 않았던 행운이 깃든 느낌이었다.

"후아."

애써 흥분을 가라앉혔다.

아직 리버스 타임이 남았고 해당 스킬을 사용했다.

[포이즌 오우거의 시간이 되돌아갑니다.]
[능력에 따라 돌아가는 시간에 차이가 발생합니다.]
[3분 17초 전으로 돌아왔습니다.]

거짓말처럼 나타난 포이즌 오우거.

'이것도 되잖아? 잠깐만. 그러면?'

어쩌면 리버스 타임이 유저에게도 적용되지 않을까, 싶은 생각이 들었다. 그러나 확인을 위해서 동료에게 죽어달라고 할 순 없는 일이었다.

그래, 이것만 해도 감지덕지다.

무혁은 잡념을 지우고 전투에 집중했다.

--------!

포이즌 오우거의 피어를 시작으로 혼란이 이어진다.

"지금 빨리 처리하자고!"

"오케이!"

무혁은 웃음을 지우고 다시 대신관에게 집중했다. 윈드 스텝으로 가까이 접근해서 백호보법을 펼쳤다. 움직임 자체가 상당히 느린 대신관이었기에 공격을 성공시키는 건 어렵지 않은 일이었다.

다만 체력이 워낙 높고 간간이 다른 대신관이 치유 마법을 사용하는 탓에 죽이는 데 시간이 걸릴 것이라 예상할 뿐.

'음……?'

그런데 추측을 벗어나는 일이 발생했다.

털썩.

몇 번 공격하지 않았음에도 대신관이 쓰러진 것이다.

"아……."

쏟아지는 각종 뼈 화살과 마법들. 그리고 주변에 위치한 아머기마병과 정예 성기사들의 끊임없이 이어지는 공격들은 분명 변화가 없었다.

다만, 대신관 한 마리가 무혁의 수족이 되면서 힐량이 저하가 된 것이다. 3마리가 쏟아붓는 힐량과 2마리의 힐량은 분명 차이가 날 수밖에 없었으니까. 그 탓에 HP가 차오르는 속도보다 떨어지는 속도가 빨라졌고 그것이 대신관을 쉽게 처리할 수 있었던 원인이 되었다.

"뭐야? 벌써?"

"어, 한 마리만 더 마무리 짓자."

"오케이!"

성민우가 우측에서 대신관을 공격했다.

쾅, 콰광!

무혁은 마지막 남은 녀석의 정면으로 향했다.

카가각!

짧지 않은 시간을 소모하여 놈을 처리했을 무렵.

"오빠!"

"응?"

"소환수가 거의 다 죽었어!"

"아……."

무혁은 죽어버린 두 마리 대신관의 영혼을 그냥 둔 채 뒤로 물러났다.

"위험했는데?"

"그러게."

공격에 너무 집중한 나머지 스켈레톤의 피해 상황을 망각해버리고 말았다. 정예 성기사를 제외한 나머지 대부분이 죽어버린 상태였기에 더 이상 전투를 이어갈 순 없었다.

"일단 물러나자."

"오케이!"

급히 전투 지역에서 벗어났다.

잠시 후. 스켈레톤을 재소환하자마자 곧바로 성전사가 존재하는 구역으로 향했다. 대신관 세 마리는 모두 처리했기에 없었고 성전사는 여섯 마리가 남은 상황이었다. 마법과 뼈 화살이 성전사에게 충분히 피해를 입혔을 때 스킬을 사용했다.

"리바이브."

떠도는 영혼은 3개였다. 대신관 2마리와 성전사 1마리임을 이미 알고 있었기에 전부 되살리겠냐는 홀로그램 내용에 노를 눌렀다.

[누구를 택하겠습니까?]

원하는 녀석은 대신관 1마리와 성전사 1마리였다.

[MP(200)를 소모합니다.]
[타락한 대신관(1)이 살아납니다.]
[타락한 성전사(1)가 살아납니다.]

살아난 두 녀석이 가세하면서 상황이 한결 여유로워졌다.

성전사, 바람 가르기.

대검을 바닥에 꽂자 강력한 바람이 불었다. 여섯 성전사 전부를 지속적으로 타격하는 바람 가르기는 그야말로 최고의 스킬이었다. 그러나 그에 대응하듯 놈들도 덩달아 바람 가르기 스킬을 사용했다.

HP가 빠르게 줄어드는 상황.

'조금만 더.'

아머기마병의 돌진 스킬이 제대로 들어가는지를 먼저 확인했다.

'됐어.'

성공적으로 적대 성전사의 바람 가르기 스킬을 끊었다. 그

사이에 입은 피해를 무위로 돌리기 위해 대신관에게 앱솔루트 힐을 지시했다. 파란 네모가 시야에 깃들었다. 시야를 움직이며 최고의 위치에서 치유를 적용시켰다.

[알베타르 신관에 속하지 않은 생명체가 존재합니다.]
[대신관의 능력으로 그들에게도 치유의 힘을 일부 전달합니다.]

곧바로 쿨타임이 돌아온 소환수들의 스킬들을 사용했다. 물론 무혁도 파천궁술과 백호검법 제 3초식, 백호참을 선보였다.

쿠와아아앙.

대신관이 존재하지 않아서일까. 성전사가 생각보다 쉽게 죽어 나갔다.

[경험치가 상승합니다.]
[경험치가 상승합니다.]

단번에 두 녀석을 처리해 버렸다.

"오, 생각보다 쉬운데!"

"방심하진 말고."

"오케이! 걱정하지 말라고!"

성민우는 정령들과 함께 어우러지며 한 마리의 성전사를 몰아붙였다. 나머지 세 마리의 성전사는 사방으로 뿔뿔이 흩어진 상태였다.

'금방 잡겠는데?'

조금 마음을 놓으려는 순간이었다.

콰드득.

성전사 네 마리가 동시에 대검을 바닥에 꽂았다. 시작부터 강풍이 불어 닥치며 공간 자체를 칼날처럼 베어버리기 시작했다. 한 마리가 아니라 네 마리가 동시에 시전하는 바람 가르기 스킬은 그 효과가 생각 이상이었다.

"흡……!"

몸이 자꾸만 밀려서 뭔가 할 수 있는 게 없었다. 소환수도 크게 다를 건 없어서, 결국 피해만 입은 채 뒤로 물러나게 되었다.

"우리 이긴 거 맞냐?"

"아마도? 바람 멎으면 스킬 퍼부으면 되잖아."

"그렇지?"

한동안 지속되던 강풍이 멎어갈 즈음.

"마무리 짓자고."

줄어드는 바람의 영향권 바깥에서 성전사와의 거리를 좁혀 나갔다. 그리고 바람이 완전히 사그라졌을 때, 스킬을 총동원했다.

콰아아앙!

각종 마법과 파워샷, 그리고 멀티샷. 돌진과 가속 찌르기. 뒤이어진 근접 스켈레톤의 공격.

[경험치가 상승합니다.]

[경험치……]

성전사의 HP가 아무리 높다고 한들, 회복 가능한 대신관이
없는 현재 상태에서는 무혁과 소환수의 상대가 될 수 없었다.

무혁은 사체 분해를 통해 성전사의 뼈를 습득한 후 처리 현
황을 확인했다.

[알베타르 신전 몬스터 처리 현황]
타락한 견습 신관 : 9,113마리
타락한 견습 성기사 : 3,972마리
타락한 정예 신관 : 2,513마리
타락한 정예 성기사 : 1,156마리
타락한 대신관 : 3마리
타락한 성전사 : 7마리

드디어 대신관과 성전사 한 무리를 완벽하게 사냥했다.
떠도는 영혼은 7개. 충분히 휴식을 취한 후 살려내어 전진
할 계획이었다.
"일단 좀 쉬자."
"응!"

앉아서 요리를 한 후 공복도를 채웠다.

"다 쉬었지?"

예린, 김지연, 성민우 모두 고개를 끄덕였다. 성전사와 대신관 사냥에 성공한 기쁨이 아직도 미미하게 남은 상태였기에 사기는 높은 편이었다.

"가자고."

성전사 여섯 마리와 대신관 한 마리를 살려낸 후 속도를 높였다. 얼마 가지 않아 목표물을 발견했다.

"성전사 다섯. 신관 둘."

이번에는 처음보다 숫자가 적었다.

'생각보다 쉽겠는데?'

무혁은 입꼬리를 말아 올리며 전투를 지휘했다.

치열했던 접전이 끝나고.

"힘들긴 하네."

"정예랑은 급이 다르니까."

"그래도 단번에 이겼잖아."

성민우와 무혁은 흡족한 표정이었다. 이번 전투에선 후퇴가 없었던 탓이었다.

"정령은?"

"한 마리 남았어. 기다려야겠는데?"

"예린이는?"

"다람쥐 세 마리 남았어, 오빠."

"지연 님은요?"

"저, 저두 마나가 부족해요."

"그럼 쉬었다가 가자."

"응!"

충분한 휴식을 취하고 방금 전 쓰러뜨린 성전사 다섯과 신관 둘을 리바이브로 살려내 함께 걸음을 내디뎠다.

전투를 끝내고 휴식을 취하고 있는데 뜬금없는 말이 튀어나왔다.

"말 놓자고?"

"그래, 이 자식아. 지연 님이랑 언제까지 말 높일 생각이야?"

"어, 글쎄."

무혁의 작은 반응에 성민우가 고개를 돌렸다.

"지연 님."

"네, 네?"

조금 긴장한 표정으로 그녀를 쳐다봤다.

"저희 말 놓아도 될까요?"

"아, 네. 괘, 괜찮아요!"

"언니, 전혀 안 괜찮아 보여."

"아, 아냐. 진짜 괜찮아."

"흐응."

성민우가 재차 물었다.

"어, 그러면 진짜 말 놓을게요?"

"네, 네에."

"크흠, 그, 그래."

성민우의 어색함에 모두들 웃었다.

"그, 무, 무혁 오빠도 말 편하게 하세요."

"아, 그럴까? 너도 편하게 말 놔."

"저는 지금이 편해서……."

"말을 높이는 게?"

"네."

"뭐, 그럼 그렇게 해."

"네!"

그렇게 관계가 정리되었다. 성민우, 무혁, 예린은 김지연에게 말을 놓았고 김지연은 예린에게만 편하게 대했다. 그것만으로도 충분히 더 가까워진 기분이었다.

성전사와 대신관 무리를 사냥한 지 6일째.

[경험치가 상승합니다.]

마지막 성전사를 사냥함과 동시에 성민우와 예린의 몸에서 미미한 빛이 뿜어졌다.

"으라차차! 레벨 업!"

"나두!"

두 사람도 드디어 205레벨을 찍은 것이다.

"오, 오오……!"

동시에 변화를 맞이했다. 성민우의 정령, 그리고 예린의 다람쥐가 함께 말이다. 정령은 꽤나 화려하게 변화했다. 늑대의 모습을 하고 있던 파이어는 호랑이의 모습으로 바뀌었고, 검과 방패를 지닌 여기사의 모습이었던 워터는 한 쌍의 날개를 지닌 천사의 모습으로 변화했다. 골렘이었던 어스는 전신 갑옷을 착용한 남성 기사가, 마지막으로 윈드는 보이지 않는 바람의 기류를 마치 불꽃처럼 흩날리는 독수리가 되었다.

네 마리의 상위 정령이 엄청난 존재감을 뿜어냈다. 스켈레톤처럼 수가 많은 건 아니었지만 한 마리, 한 마리가 포이즌 오우거와 맞먹는 수준의 능력치를 지녔다. 게다가 정령 파이터라는 직업 자체가 정령과의 호흡을 중요시한다. 스킬이 연속으로 이어질 때마다 파괴력이 급증하는지라 진화하기 전보다 훨씬 더 강해졌다고 보면 되었다.

"어떤 거 같냐?"

군이 무슨 말이 필요할까. 엄지를 척 하고 올려줬다.

"크흐흐."

성민우는 그런 무혁의 모습에 진심으로 기쁜 표정을 지었다.

"예쁜 내 새끼들. 스킬 추가되고 스탯도 엄청나게 상승하고! 기분 죽인다!"

변화는 성민우의 정령만이 아니었다.

"오빠……!"

"응?"

"다람쥐도 조금 변했어!"

"어? 다람쥐가?"

"응, 여기!"

예린이 다람쥐 한 마리를 보여줬다.

"호오, 진짜네."

평범했던 다람쥐가 지금은 철모 같은 투구와 조금만 힘을 줘도 찌그러질 것만 같은 갑옷까지 착용한 상태였다.

"어떻게 된 거야?"

"205레벨 되니까 스킬이 자동으로 한 개가 생기더라고."

"스킬이?"

"응, 강화 수치를 추가해 주는 스킬이야."

"호오, 지금 다람쥐가 몇 강인데?"

"스킬 덕분에 31강."

"그럼 30강이 넘어서 변했다고 봐야겠네."

"그렇겠지?"

그 말은 강화 수치가 일정 수준에 도달하게 되면 또 한 번 변화할 수도 있다는 소리였다. 은근히 기대가 되는 부분이었다.

"강화 꾸준하게 해봐."

"응, 알겠어."

"아무튼 정령도 진화했고 다람쥐도 더 강해진 느낌이니……"

이제 정말 이곳을 클리어할 때가 온 것 같았다.

"속도 좀 낼 수 있겠지?"

"당연하지."

"그럼 어서 끝내자고. 여기에만 있을 수도 없으니까."

정비를 마치고 성전사와 대신관 무리와 부딪혔다.

12마리의 숫자. 무리라고 판단할 수도 있는 상황이었지만 진화를 마친 정령과 한층 더 강해진 다람쥐를 믿고서 전투를 치렀다.

"다람쥐로 최대한 버텨줘!"

"응!"

예린은 마법을 먼저 사용하여 시선을 끈 후 다람쥐를 한 녀석에게 집중시켰다. 40마리가 넘어가는 다람쥐 무리가 성전사의 이곳저곳에 올라탔다. 앙증맞은 앞발을 휘두르기 시작하는데 귀여운 모습과는 달리 결과가 꽤 섬뜩했다.

카각, 카가각!

성전사의 갑옷이 우그러지기 시작한 것이다.

"우와……!"

예린의 눈이 커졌다. 스탯으로 변화를 확인하긴 했지만, 이 정도일 줄이야. 30강이 넘어버린 지금. 다람쥐의 파괴력은 보통 사람들의 기준을 초월했다.

"조금만 더!"

이윽고 다람쥐가 성전사의 갑옷을 일부 뜯어버렸다. 그곳으로 침투한 다람쥐는 인정사정 볼 것 없이 공격을 퍼부었고 크리티컬이 연달아 터지면서 HP를 빠른 속도로 깎아내리기 시작했다.

진화를 마친 네 마리의 정령. 녀석들과 처음으로 호흡을 맞춰야 하는 상황이었다.

"잘 부탁한다, 이것들아."

상위 정령 4마리. 하위 정령 8마리.

총 12마리와 함께 달려 나갔다.

파바밧.

가장 먼저 윈드가 날개를 강하게 펄럭거렸다. 그러자 보이지 않는 바람이 검날의 형상을 이루더니 성전사에게 쏘아졌다. 다수의 검날이 먼저 성전사에게 박혔을 즈음.

변환.

성민우의 신체가 빛이 되어 아직 박히지 않은 검날로 옮겨졌다. 마치 순간 이동을 한 것처럼 갑자기 장소를 바꿔 버린 것이다.

엄청난 속도로 성전사와의 거리가 좁혀졌고 앞으로 뻗은 너클이 성전사의 가슴을 가격했다.

카가각!

충격에 뒤로 밀려나 버린 성전사. 그리고 어느새 놈의 뒤쪽에서 나타난 파이어.

쫘드득.

진짜 호랑이처럼 앞발로 놈을 내리찍었다. 바닥에 깊숙이 박혀 버린 녀석에게 접근한 성민우가 스킬, 관통을 사용했다. 어떤 것이든 너클의 날카로운 부분만큼은 관통시킬 수 있는 스킬이었기에 성전사의 갑옷 역시 단번에 꿰뚫을 수 있었다.

"후으으읍!"

힘을 줘서 하늘로 던져 버렸다.

파밧.

점프한 후 정령들과 함께 허우적거리는 성전사를 무참하게 짓밟았다. 연속되는 무수한 공격들에 타격을 입고 있는 성전사.

후우웅.

순간 아래쪽에서 바람이 올라왔다. 바람 가르기였다.

윈드, 파워 보호막.

새롭게 얻은 스킬 2개 중 하나를 사용했다. 곧 두꺼운 막이 생성되었고 그것이 성전사의 바람 가르기를 막아내기 시작했다. 영향을 받지 않는 상태에서 끊임없이 공격을 성공시켰고 이윽고 지면에 착지하면서 발끝으로 복부를 강하게 짓눌렀다.

쿠후우웅.

지면 깊숙이 박히는 성전사를 힐끔 쳐다보던 성민우가 무혁의 목소리에 고개를 돌렸다.

"뒤로 빠져!"

"오케이!"

정령을 끌고서 성전사와 거리를 벌렸다. 직후 쏟아지는 메이지의 마법을 눈에 담았다.

'역시, 대단하다니까.'

볼 때마다 감탄하게 되는 압도적 광경.

'질 수 없지.'

공격이 멎자마자 다시금 나아갔다. 진화를 마친 정령들과 연계 공격을 이어갔고 지속될수록 대미지가 급증했다. 덕분일까, 기존보다 훨씬 더 빠른 속도로 성전사 한 마리를 처리할 수 있었다.

[경험치가 상승합니다.]

그에 거칠게 포효하는 성민우.
"으랴아아아!"
쌓였던 스트레스가 단번에 녹아버리는 기분이었다.

앞서 6일간 지나왔던 거리와 정령이 진화한 후 이틀간 지나온 거리가 흡사했다. 정령과 다람쥐가 단번에 강해지면서 사냥이 한층 더 수월해진 덕분이었다.
"리바이브 스킬도 꽤 아꼈지?"
"어, 상당히 아꼈지."
"그럼 나중에 더 센 녀석 나오면 살리면 되겠네."
"그렇지. 몬스터 처리 현황에는 없지만, 보스 몬스터가 나타나지 말란 법도 없으니까."
"좋아, 좋아. 지금 이대로만 쭉쭉 나가자고."
"좋지. 그래도 밥은 먹으면서 하자고."
"밥?"

"벌써 저녁 시간이라고."

"허얼, 대박."

"1시간 뒤에 보는 거로?"

"콜."

"나두 좋아."

"저두요."

무혁은 소환수를 마계로 보낸 후 모두와 함께 로그아웃을 했다.

그리고 가족들과 함께 저녁 시간을 보낸 후 후식으로 어머니가 깎아준 사과를 거실 소파에 앉아 먹었다.

홈페이지를 살펴보다가 약속 시간이 되었음을 깨닫고 몸을 일으키자, 강지연이 혀를 차며 한마디 내뱉었다.

"폐인이냐, 적당히 해라."

"내 맘."

"아들, 조금만 하고 일찍 자."

"네."

"하, 엄마 말에는 아주 그냥 반항의 기운이 단 1도 없구만."

"무슨 그런 당연한 소릴 하고 있어."

무혁은 어이없는 표정을 지어 보인 후 방으로 들어갔다.

캡슐에 누워 게임에 접속하니 꽤 많은 메시지가 쌓인 상태였다. 확인을 해보니 소환수 경험치 획득과 스켈레톤 역소환 내용이 전부였다. 이미 전부 마계에서 죽어버린 상태였기에 스켈레톤을 불러냈다. 상태창을 세심하게 살펴보다가 부족함이 느껴지는 아머나이트2에게 경험치를 투자했다.

[강화 아머나이트2의 힘(2)이 상승합니다.]
[강화 아머나이트2의 체력(2)이 상승합니다.]
[강화 아머나이트2의 민첩(1)이 상승합니다.]

곧이어 접속한 동료와 함께 걸음을 옮겼다.

"아, 빨리 보스든 뭐든 좀 나와라."

"진짜, 제발."

"이제 지겹다고……!"

그들의 바람이 이뤄진 것일까. 머지않아 넓은 홀이 나타났다.

"음?"

그곳엔 몬스터가 없었다. 다만 하나의 거대한 석상이 존재할 뿐.

"석상인데?"

"뭐지?"

가까이 다가가니 석상의 정교함이 상당하다는 사실을 깨달았다. 아름다운 여인이 한 손을 하늘로 뻗은 모양새였는데 표정은 슬픔에 한껏 젖어 있었다. 볼을 타고 흐르는 눈물의 모양이 마치 실제처럼 느껴져서 오싹한 느낌도 들었다.

"와, 진짜 같잖아. 대박이다."

"슬픈 기분이야."

네 사람은 자기도 모르게 석상에게 다가갔다. 무혁도 마찬가지였다. 일행은 석상의 지척에서 이리저리 살펴봤다.

"근데 여기가 끝인 것 같은데, 석상밖에 없어."

"여기에 뭔가가 있나?"

모두들 무언가에 홀린 듯 손을 뻗었다.

[석상이 반응합니다.]

[지금까지 쌓아온 결과물을 확인합니다.]

[타락한 견습 신관 : 9,113마리.]

[타락한 견습 성기사…….]

지금까지 죽인 숫자가 나열되고.

[쌓아 올린 타락한 에너지가 신성한 석상의 영향을 받아 소멸됩니다.]

[퀘스트 '알베타르 신전 정화'가 완료됩니다.]

[신전을 차지하던 타락한 에너지의 밀도가 낮아지면서 석상을 억압하던 기운이 상당 부분 해소됩니다.]

[석상의 봉인이 풀립니다.]

슬픈 표정의 석상. 겉에 금이 가더니 이내 석상이라 여겨지던 모든 것이 바스러졌다. 이윽고 슬픔에 젖은 여인의 고개가 아래로 떨어졌고.

"아……."

낮은 탄성과 함께 무릎을 굽혔다.

"신이시여, 감사합니다."

청명하게 울리는 목소리. 무혁을 포함한 모두가 그녀의 압도적인 존재감에 침묵했다.

스윽.

고개를 들어 올린 그녀와 눈이 마주치고.

"당신들인가요?"

"네?"

"이곳, 알베타르 신전을 구원해 준 이들이 당신들인가요?"

"아, 네. 맞습니다."

"정말 고마워요."

몸을 일으키는 그녀.

"저는 알베타르 신전의 성녀, 루이나예요."

인간에게선 찾아볼 수 없는 순백의 아름다움이 그녀를 성스럽게 만들고 있었다.

"조금 더 대화를 나누고 싶지만 그럴 수 없다는 게 안타까울 따름이네요."

"그게 무슨……?"

"당신들이 정화를 해준 덕분에 알베타르 신전의 성스러움이 미약하게나마 돌아온 상태랍니다. 저는 이제 남은 힘을 사용해 이 신전의 타락함을 전부 지울 생각이에요. 만약 타락함을 모두 지우고서도 힘이 남는다면……."

성녀가 천천히 뒷말을 이어갔다.

"남은 힘을 그대들에게 전해주겠어요."

바로 이것이었다. 성과에 따른 보상 지급.

"감사합니다."

정말 많이 사냥했다고 자부하는 만큼 자신은 있었다.

"그럼 조금만 기다려 주세요."

"네."

성녀는 눈을 감고서 양손을 맞잡았다.

'어……?'

보이지 않는 어떤 기운이 몸을 부드럽게 끌어안았다. 편안하면서도 따스한 기운은 나도 모르게 절로 눈을 감게 만드는 묘한 힘이 있었다. 그 기분에 취한 탓에 시간의 흐름조차 잊었다.

그 탓일까.

찰나의 시간이 지났다고 여겨졌건만, 어느새 타락한 기운을 모두 지워 버린 모양이었다. 거짓말처럼 포근함이 사라졌다.

"아……."

아쉬운 탄성과 함께 눈을 뜨자, 성녀가 웃고 있었다.

"정말 고마워요. 당신들이 전해준 힘은 생각보다 더 거대했어요."

"다행이네요."

"이제 그대들에게 보답할 차례군요."

성녀가 다가왔다.

"남은 힘을 그대들에게 나누어줄 거랍니다. 그러나 그 힘이 무엇이 될지는 저도 알지 못해요. 제가 할 수 있는 것은 그대들에게 자그마한 가능성을 부여하는 정도일 뿐이죠. 그것에서 무엇을 얻을지는, 온전히 그대들의 몫이에요."

이윽고 그녀가 손을 뻗었다. 그러자 보이지 않는 무언가가 신체를 헤집었다.

[알베타르의 성스러운 기운이 캐릭터 시스템을 분석합니다.]
[알베타르의 힘이 시스템에 깃듭니다.]
[시스템의 자의적인 판단으로 캐릭터에게 가장 적합한 능력을 선물합니다.]
[스킬 '알베타르의 권능'을 습득합니다.]
[알베타르의 권능이 너무 강력하여 시스템이 받아들이지 못합니다.]
[스킬이 하향 조정됩니다.]
[스킬 '알베타르의 권능'이 '알베타르의 재능'으로 변경됩니다.]

내용은 많았지만, 결론은 하나였다.

스킬, 알베타르의 재능. 획득한 것은 그게 전부였다.

무혁의 미간이 순간 찌푸려졌다.

'권능이라 기대했는데……'

재능으로 바뀌면서 기대감이 꺾여 버렸다.

'그래도 숨겨진 힘이잖아?'

애써 그렇게 위로하며 스킬을 확인하려는 순간.

"부디 좋은 결과가 있었기를 바랄게요."

성녀의 청명한 목소리가 고막을 때려왔다. 순간 행동을 멈추고 그녀를 쳐다봤다.

"그럼 이만 인사를 드려야 할 것 같군요."

"예? 인사라뇨?"

"저는 이미 죽은 몸. 그토록 염원하던 일을 해결했으니 더 이상 이곳에 있을 이유가 사라졌답니다. 남은 힘을 그대들에게 전해주었으니 부디 그 힘을 올바른 곳에 사용하길 바랄 뿐이에요."

"그런……."

"참, 이곳은 30분 뒤에 사라지게 될 거랍니다. 저의 미약했던 힘이 사라지고 건물 자체가 버틸 수 있는 시간의 한계죠. 그 안에 뒤쪽에 위치한 게이트로 이동하세요. 그러면 바깥으로 나갈 수 있을 거예요. 마지막으로 아주 작은 욕심을 하나 더 부리자면……."

성녀가 희미해지기 시작했다.

"알베타르의 신도가 이 드넓은 어딘가에 단 한 명만이라도 생겨나기를……."

그 말과 함께 완전히 사라졌다. 네 사람은 서로를 잠깐 바라봤다.

"찝찝하긴 한데, 아무튼 잘 끝난 거지?"

"염원은 달성했다고 했으니까."

"그렇지……."

무혁이 분위기 전환을 위해 짝 소리 나게 손뼉을 쳤다.

"자, 이제 나가자고."

"아, 그래야지."

걸음을 옮기는 네 사람. 순간 성녀의 미미했던 표정 변화가 스쳐 갔다.

"근데 30분 남았다고 했을 때."

"응."

"좀 이상하지 않았나?"

"뭐가?"

"아니, 뭐. 착각일 수도 있는데 표정이 좀 흔들리는 느낌이랄까."

"음? 난 모르겠는데?"

"나두."

"그래?"

하지만 아무리 생각해도 이상했다.

"아, 애초에 30분이란 시간이 주어진 것 자체가 이상하지 않아?"

"어, 그건 또 그러네."

"뭔가 30분 안에 찾아보라는 의미 아닌가?"

무혁의 말에 셋이 걸음을 멈췄다.

"가능성은 충분한데."

"한번 찾아볼까?"

"콜."

"오케이!"

네 사람은 급히 마지막 공간을 샅샅이 뒤지기 시작했다. 약 5분이 흘렀을 즈음, 무혁은 수색을 멈추고 군마를 소환했다.

"미안한데 잠깐만 뒤쪽에 다녀올게."

"어, 그래."

수색은 수색이고, 이미 죽어버린 성전사와 대신관의 영혼을 그냥 두는 건 또 그것대로 아까웠다. 살려내어 마계로 보낼 생각이었다.

'경험치라도 획득해야지.'

이동하는 동안 미처 확인하지 못했던 스킬을 살폈다.

[알베타르의 재능]

알베타르에게 존재했던 재능 중에 하나로 스킬과 스킬을 조합하여 새로운 스킬을 창조해 낼 수 있는 능력이다.

1. 스킬을 조합하여 새로운 스킬을 얻는다고 하더라도 기존의 스킬을 사용할 수 있다.

2. 조합에 성공할 경우, 하위 스킬 2개는 다른 어떤 조합에도 다시 사용할 수 없다.

3. 조합에 3번 이상 실패할 경우 해당 조합을 다시 사용할 수 없다.

꽤나 조건이 까다로운 스킬이었음에도 불구하고 거대한 전율을 느끼고 있었다.

'이런 말도 안 되는 스킬이라니?'

지금 당장 머릿속에서 떠오르는 조합만 해도 3, 4가지였다. 추측대로만 성공한다면 정말 어마어마하게 큰 도움이 될 것이었다.

'나가자마자 해봐야겠다.'

생각을 정리하고 속도를 늦춘 무혁은 리바이브 스킬로 성전사와 대신관의 영혼을 살려냈다.

10분에 걸쳐 39마리의 성전사와 13마리의 대신관을 모았다.

총 52마리. 더 가기엔 시간이 부족하고. 여기서 만족해야 할 것 같았다.

"스켈레톤 소환."

MP를 잠깐 채우고 소환수를 불러내어 전부 마계의 F12 구역으로 보냈다.

마족이라고 해서 마왕의 성에서만 생활하는 건 아니었다. 가문이 없는 마족들은 반드시라고 해도 좋을 만큼의 확률로 마계 대륙을 누비곤 했다. 그곳을 누비면서 경험을 쌓아 실력을 올리기 위함이었다. 그렇게라도 해서 고위 마족이 되어야만 무시당하지 않고 살아갈 수 있기 때문이었다.

"아, 성에 있는 거랑은 비교도 안 되게 재밌긴 한데……."

"계속 돌아다니는 것도 사실 좀 지겹긴 하지?"

"그냥 눈 감고 동쪽이나 서쪽, 아니면 남쪽으로 가버려?"

"미친 녀석아, 그러다 시비 잘못 털리면 죽어."

"누가 모르냐? 그럼 중간 지역이라도 가보든가."

"거기 무법 지대인 건 알지? 오히려 더 위험할 수도 있어. 알 거 다 아는 놈이 왜 이래?"

"지겨우니까 그러지, 지겨우니까!"

지금 걸음을 옮기는 중급 마족도 마찬가지였다. 코르크와 보쿠마. 재능은 있지만, 가문은 없는 두 마족. 그들은 방금 전

마을에서 빠져나온 상태였다.

마을은 주민들이 받들어 모시기에 편안했지만, 성에서 받는 구박들을 떠올리면 편하게 있을 수만은 없었다. 차라리 필드로 나와 마물을 상대하는 게 더 기분이 좋았다. 그럼 강해지는 느낌이라도 들었으니까.

"조급해하지 마. 우린 천천히 성장하면 돼."

"그건 알지만……."

"조금만 더 성장하면 상급이야. 머지않았다고. 그러면 가문이 없다고 우릴 무시했던 녀석들, 다 쓸어버릴 수 있어. 그때가 되어서 우리가 내키는 대로 행동해도 늦지 않다고."

"그래, 알았다, 알았어."

결국 코르크가 항복을 선언했다.

"그보다 여긴 왜 이렇게 조용해? 마물도 없고."

"그러게나 말이다."

대수롭지 않게 여기고 움직이는 순간.

미미하지만 전투 소리가 들려왔다.

"어? 이거 싸우는 소리 맞지?"

"그런 것 같은데?"

"가보자!"

코르크가 신이 난 표정으로 달려갔다.

"하아, 정말……."

보쿠마는 고개를 저으며 뒤를 쫓았다.

"저기야, 저기!"

"나도 보여."

"아, 그랬나? 몰랐지, 워낙에 앞이 깜깜한 성격이라."

"어쭈……."

"농담이야, 농담."

코르크가 웃으며 고개를 돌렸다. 보이는 것은 역시나 전투였다.

"수가 많은데?"

"흐음, 마물끼리 싸우는 모양이군."

"헤에?"

"좀 더 가보자고."

"좋지."

코르크와 보쿠마는 망설임 없이 거리를 좁혔다. 기껏해야 마물. 녀석들의 수가 아무리 많다고 해봐야 조금의 위협도 되지 않았다. 그저 본능에 따라 움직이는 녀석들인 만큼 피해를 입지 않게 완벽하게 제압할 자신이 있었다.

"호? 스켈레톤 마물인가?"

"신기한데."

"저기는 2급 마물, 타이칸이고."

생긴 것은 호랑이였고 털의 색깔은 검은색이었다. 다만, 그 털 하나하나가 송곳처럼 날카롭다는 게 문제랄까.

"타이칸은 대략 서른? 스켈레톤은 이백 정도."

"흥미롭군."

마물들의 싸움은 생각보다 치열했다.

"호오, 마법도 꽤 강력하고."

"맷집도 상당한데?"

"그렇군. 지속력도 좋아."

끝없이 쏟아지는 뼈 화살이 특히나 압도적이었다.

"흐음, 근데 말이야."

"왜."

"저기 스켈레톤들. 진짜로 마물인가?"

"뭔 소리야."

"마물치고는 너무 질서정연하잖아?"

코르크의 말에 보쿠마가 미간을 찌푸렸다.

잠시 침묵한 채 지켜보던 그.

"맞아. 마치 잘 훈련받은 병사의 느낌이야."

"그렇지?"

"저 녀석들, 뭐지?"

의문이 깃드는 순간 이상한 낌새를 느꼈다. 하늘을 빼곡하게 채운 각양각색의 기운들이 두 마족에게 뻗어오고 있었던 것이다. 그에 보쿠마가 손을 들었고 푸른 보호막이 둘을 부드럽게 끌어안았다.

이윽고 날아온 마법들이 부딪히고.

쿠후우우웅.

보호막이 생각보다 더 크게 흔들리기 시작했다.

"허어."

"뭐야, 설마 부서지는 거?"

"무슨 소리……!"

보호막이 뿜어내는 푸른색이 조금 더 짙어졌다.

"오오, 힘 좀 쓰는데?"

"시끄러."

첫 번째 마법이 끝나기도 전.

후우웅.

두 번째 마법이 날아들었으나 이번에도 보호막을 부서뜨리진 못했다. 그러나 아직 화살이 남은 상태였다.

"와, 이거 난감하네."

피하는 건 불가능에 가까워 보였기에 다시 보호막에 힘을 쏟을 수밖에 없었다.

"마물이 상당히 귀찮네."

"흠, 나도 나설까?"

"그럼 구경만 할 생각이었냐."

"설마 마물을 상대하는 데 우리 둘이 나설 줄은 몰랐지."

"뭐, 그건 나도 마찬가지지만……."

보쿠마는 자존심을 접었다.

"확실한 게 좋으니까."

"알았어."

코르크가 웃으며 상황을 지켜봤다.

캉, 카가강!

스켈레톤이 날린 화살이 상당 부분 보호막에 맞고 바닥에 떨어졌을 즈음. 틈을 보던 코르크가 옆으로 빠졌다.

스팟.

엄청난 속도로 반원을 그리며 달려가던 그의 모습이 희미해졌다. 마치 존재하지 않는 것처럼 보이게 만드는 환각의 일종이었다.

'자, 이제부터 요리를 해볼까.'

마법과 화살을 날리는 스켈레톤부터 처리할 생각이었다. 그들에게로 숨어든 코르크가 단검 두 자루를 손에 든 채 이리저리 움직였고.

쾅, 콰콰콰강!

그가 지나가는 자리엔 스켈레톤의 잔해만이 힘없이 허물어졌다.

-이곳에 뭔가 있다.

-뒤쪽에?

곧바로 강화 아머나이트 일부와 강화 아머기마병 일부가 방향을 틀었다. 적당한 속도로 돌진하던 강화 아머기마병의 눈빛이 스산하게 변했다.

-당했…….

강화 아머아처3이 부서졌다.

-이번엔 내…….

그 옆에 있던 아머아처4가 비틀거렸다. 그 모습에 아머기마병은 적이 위치한 곳을 얼추 짐작하며 속도를 냈다. 점차 빨라지기 시작하던 그. 이미 거리는 충분히 좁혀졌고 이젠 타이밍만 엿보면 되는 상황이었다.

콰앙!

그 순간 강화 아머메이지4가 폭발했다.

-돌진!

동시에 스킬을 사용하는 아머기마병들.

퍼억!

강화 아머기마병4가 보이지 않는 어떤 것에 부딪혔다.

-여기다!

그 주위에 있던 모두가 몸을 틀었다.

아머기마병4가 부딪힌 곳이 일렁거리고 있었다.

-가속 찌르기!

그곳으로 날카로운 창날이 날아들었다.

카가각!

그 순간 일렁거림이 형태를 찾아갔다. 충격을 받아 기술이 끊어져 버린 코르크는 당황한 표정으로 마물들을 바라봤다.

'마물이 어떻게……?'

의문은 잠시. 다시금 다가오는 공격에 정신을 차리며 몸을 던졌다. 다시 한번 모습을 감춘 그가 거리를 벌렸다.

'하, 당황스러운데?'

한 마리의 실력은 대단치 않았으나, 다수다 보니 강력했다. 일반적인 마수와는 확실하게 달랐다. 두려움이 없었고 본능적이지도 않았다. 이성적인 생각 아래 철저히 훈련받은 규율대로 움직이는 느낌이었다.

'쩝, 방심은 금물이구만.'

마인드를 바꾸는 순간 코르크의 장난스러운 분위기가 사라졌다. 흉포하면서도 파괴적인 기운이 넘실거렸고 직후, 그의 움직임 역시 변화했다.

'마물로 대하지 않겠어.'

마족을 상대한다고 여기고 전력을 다할 생각이었다. 이 정도 상황이 되자 스켈레톤도 더 이상 버티는 건 역부족이었다. 한 명이라면 모르겠지만, 중급 마족 둘을 상대할 정도는 아니었던 것이다.

그리 길지 않은 시간이 흘렀을 즈음.

"끝났네."

"고생했다."

"너도."

스켈레톤 마물 전부를 깔끔하게 처리했다.

그리고 그 날이 지나기 전.

"에? 뭐야……?"

"저거 아까 그 녀석들 아냐?"

"다른 녀석도 있어."

"한 50마리 정도……."

두 마족은 성전사와 대신관 52마리가 추가된 스켈레톤 마물과 다시 한번 마주치게 되었다.

to be continued

Wish Books

마왕성
플레이어

트레샤 퓨전 판타지 장편소설
WISHBOOKS FUSION FANTASY STORY

신들의 전장, 하멜.

집으로 돌아가기 위한 마지막 싸움.

믿었던 동료가 배신했다!

[영혼 이식의 대상을 선택해 주십시오.]

뒤바뀐 운명. 최약의 마왕. 그리고…….

"이번에는 좀 다를 거다!"

**어둠 속에 날카로운 칼날을 감춘,
마왕성 플레이어의 차가운 복수가 시작된다.**